웅크린 시간도
내 삶이니까

웅크린 시간도
내 삶이니까

다 시   일 어 서 려 는   그 대 에 게

김난도 지음

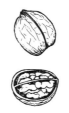

오 우 아

모야모야병과 싸우는 H씨에게

지금 웅크리고 있지만 다시 일어설 그대에게

* 이 책의 인세 수익 일부는 모야모야병과 난치병 환우들을 위한 기금으로 기부됩니다.

절망이 희망에게

독한 자기부정의 열병에 시달리고 있었다. 살면서 가장 견디기 힘든 것은 타인이 아닌 스스로를 의심하는 일임을 깨닫던 때였다. 나라 전체가 차디찬 바다 속으로 침몰해가는 과정을 무력하게 지켜봐야만 하던 시절이기도 했다. 아비로서도, 선생으로서도 나는 할 말이 없었다. 무엇을 말하기가 겁이 났고, 쓰기는 더욱 두려웠다.

다시 에세이를 쓸 수 있을까.

마음이 단단하게 굳어버린 때일수록 몸이라도 움직여야겠다는 생각에 운동을 하고 나오는데, 카운터에서 일하던 H씨가 잠깐 대화를 나눌 수 있을지 물어왔다. 휴게실로 자리를 옮겨 그가 어렵게

꺼낸 첫마디.

"제가 모야모야병이라는 희귀병을 앓고 있거든요……"

한 개인의 절대적인 고통 앞에서 내가 무엇을 얘기할 수 있을까. 걱정이 앞서는 나에게 그는 미리 준비한 에너지드링크를 얼음잔에 담아 내밀며 말을 이었다.

"한창 아플 때 힘들고 포기하고 싶은 순간이 많았는데, 교수님의 책을 읽고 용기를 얻었어요. 고맙습니다. 저뿐만 아니라 우리 모야모야병 환우모임의 많은 분들이 교수님의 책에서 희망을 얻었다고들 해요. 그래서 부탁드리는데…… 아픈 후배에게 선물할 책에 사인 좀 해주실 수 있을까요?"

H씨가 미리 준비해둔 책을 건네받아 사인과 메시지를 적어내려가는 동안, 그는 자신의 병세와 이곳에서 일하기까지의 힘겨운 노력에 대해, 그리고 그 과정에서 내 글들이 어떻게 힘을 주었는지에 대해 이야기했다.
"자, 여기 있습니다" 하고 책을 건네며 고개를 들었을 때 마주친 물기 어린 두 눈이 그 쉽지 않은 싸움을 증명하고 있었다. 덩달아 눈이 붉어진 나는 말했다.

"제가 고맙습니다."

그는 알지 못할 것이다. 자신의 글이 누군가에게, 그것도 아프고 좌절한 사람에게 힘이 되었다는 사실을 알게 되었을 때 느끼는 보람이 얼마나 큰지, 자신이 글을 쓰는 이유가 어디에 있는지를 새삼 깨달았을 때의 안도가 어떤 깊이인지 말이다.

집에 돌아와서도 그의 말이 잊히지 않았다. 컴퓨터 앞에 앉아 H씨가 말한 모야모야병에 대해 찾아보았다. 모야모야병은 뇌동맥 질환의 일종으로 뇌동맥에 협착과 폐색이 진행되면서 그 부근에 '모야모야 혈관'이라는 이상혈관이 관찰되는 병이다. 그 이상혈관이 연기가 허공에 퍼져나가듯이 사방으로 뻗어나가는 모양이라 하여, 일본말로 '모락모락'이라는 뜻의 '모야모야'병이라 이름 붙여졌다. 간질과 뇌경색, 뇌출혈 등의 증상을 막기 위해 끊임없이 관리하고 노력해야 하는 병이다.

그 무렵 내 머릿속에서는 내내 화점火點을 찾을 수 없는 연기가 피어오르고 있었다. 나뿐 아니라 이 시대를 견디는 많은 이들의 마음속에도 타인의 눈에는 보이지 않는 연기가 무럭무럭 피어나고 있는 것만 같았다. 일상에서 맞닥뜨리는 자잘한 짜증들과 살아가면서 저마다 깊숙이 묵혀둔 절망들은 무거웠다. 그러나 H씨는 의연했다. 머릿속에서 피어나는 연기의 여파로부터 몸과 삶을 제대로 끌고 가기 위해 최선을 다하고 있었다.

벤저민 프랭클린은 "어떤 사람들은 25세에 이미 죽어버리는데 장례식은 75세에 치른다"고 말했다. 나는 진짜 장례식을 몇 살에 치렀을까. 많은 사람들이 자신도 모르는 사이에 정신의 장례식을 치르고도 그 사실을 모르는 채 육체를 데리고 살아간다. 하지만 H씨는 반대였다. 육신의 병을 안고 살아가면서도 정신의 깃대를 꼿꼿이 세우고 있었다. 자꾸만 무너지는 몸을 불굴의 인내로 달래고 또 다스리며 끝까지 살아내는 사람이야말로 진정한 승리자요, 영웅일 것이다.

H씨를 만난 이후 나는 글을 다시 쓸 수 있었다. 정녕 용기를 얻은 것은 H씨가 아니라 나였다.

이 책은 내가 웅크리고 있던 시간 동안 연기처럼 자꾸만 갈라지고 흩어지는 삶을 붙들어 내 마음과 일상의 구석구석을 되돌아보면서 써내려간 기록들이다. 삶은 그렇게 끊임없이 피어오르는 화를, 우울을, 절망을 달래고 다스리고 이겨내며 사는 것임을 이제 조금은 알 것 같다.

원고를 마감할 즈음에는 폭염과 가뭄이 이어지고 있었다. 마침내 연일 이어지던 염천炎天의 하늘에서 시원하게 쏟아지던 단비.

천 갈래 만 갈래 복잡하게 얽혀 있는 우리의 머릿속에도 이런 단비가 내려준다면 얼마나 좋을까.

그러나 모야모야 혈관을 갖고 살아가는 H씨의 머릿속에도, 다사다난한 우리 삶에도, 그 연기를 단번에 가시게 해줄 비는 쉽사리 내리지 않는다. 그저 좌절의 천수답天水畓에 가느다란 희망의 물꼬를 내며 살아갈 뿐이다. 좁은 물길 하나를 내기 위해 묵묵히 땅을 파는 몸짓이야말로 가장 절실한 기우제의 춤사위가 아닐까.

스스로 희망을 찾아내 몇 번이고 다시 일어서는 용기를 보여준 H씨에게 감사의 인사를 전한다.

이 책은 H씨, 그리고 절망과 싸우며 살아가는 모든 사람들의 것이다.

2015년 가을
김난도

1부

그럼에도, 눈부신 날들

삶의 추진력을 잃고
날개가 꺾인 날,
나에게

스윙바이

학교에선 3월이 제일 바쁘다. 긴 겨울잠을 끝내고 새봄을 마중하는 파릇한 교정처럼, 할일 리스트가 빼곡히 적힌 다이어리를 들고 건물 위치를 묻는 뺨이 붉은 신입생처럼, 다시 새로운 학기를 준비하는 선생의 마음도 설레고 또 부산하다. 메일함조차 아직 읽지 못한 메일들로 소란스럽다.

메일함에 수많은 인생들이 도착해 있다. '미용사'가 될지 '네일아티스트'가 될지 도저히 꿈을 정하지 못해 며칠째 고민중이라는 10대 소녀의 이야기부터, 하루종일 아르바이트를 하지만 등록금이 너무 비싸 이제는 대학에 다니기 위해 아르바이트를 하는 것인지 아르바이트를 하기 위해 대학에 다니는 것인지 알 수가 없게 되어버렸다는 어느 대학생의 절절한 토로도 있고, "You saved my life(당신이 내 목숨을 구했습니다)"로 시작하는, 멀리 태국에서 날아온 감사의 말까지 저마다의 고민과 사연들이 가득하다.

신학기의 어느 오전, 겨우내 묵었던 낙엽을 쓸어내듯 메일보관함을 비워나가고 있는데, 잿빛 편지 한 통에 월말의 분주한 오전이 멈춰 섰다.

갑작스러운 사고로 아버지를 잃은 스물다섯 살 복학생의 편지였다. 그 편지에 유난히 마음이 붙들렸던 것은, 훨씬 더 오래 곁에 머물러주시리라 믿었던 아버지를 나 역시 정확히 그 나이에 잃었기 때문일 것이다. 슬픔은 슬픔을 알아보게 마련이다.

왜 부모님들은 그렇게 자식들이 미처 준비되지 않은 때에, 아직은 보낼 수 없는 때에 떠나가시는 걸까.

한참 먹먹해져서 그 친구에게 용기의 말을 썼다가, 나의 경험을 썼다가, 지웠다. 대신 저녁식사 약속을 잡자고 했다. 만약 그의 아버지가 살아 계셨더라면, 감당하기 힘든 슬픔에 빠진 아들에게 백마디 말 대신 따뜻한 밥 한끼를 사줄 것 같았다.

그 학생과 밥을 먹던 저녁, 나는 주로 들어주려고 했다. 최고의 말하기란 듣고 맞장구쳐주는 것이다. 그런 상황에서는 어떤 격려나 동정도 위무가 되지 못함을 알기에, 27년 전 나 역시 얼마나 비슷한 상황을 겪었는지만 간단히 말하고, 줄곧 들었다. 그의 슬픔은

깊었고, 가정경제를 책임지던 아버지 대신 그가 이제부터 짊어져
야 할 짐은 버거워 보였다.

어느 젊은 날의 나 자신과 헤어져 집에 돌아오면서, 세상엔 왜
같은 고통이 반복되는지 마음이 아팠다. 그는 당분간 평생 한 번도
경험해보지 못한 걱정의 질곡에서 불확실한 미래의 막막함과 싸
워야 할 것이다. "이 또한 지나가리라"는 말은 폭풍이 지나갔을 때
에만 비로소 실감할 수 있다.

어느 누구도 내 죽음을 애도하거나 아쉬워하지 말라. 나
는 여기서 비로소 안식을 찾았다.

미국의 어느 흑인 하녀의 묘비에 이런 문구가 적혀 있었다고 한
다. 때로 죽음만이 안식으로 느껴지는 좌절의 시간이 있다.

2006년 초 명왕성으로 출발했던 무인탐사선 '뉴호라이즌스New
Horizons'호가 9년 6개월을 날아 명왕성에 접근해 결국 근접촬영을
해내서 천문학자들을 열광시켰다. 나는 저 작은 비행체가 어디에
연료를 싣고 그 먼 거리를 날아갈까 궁금했는데, 과학잡지에서 답

을 찾았다. 행성의 중력을 이용한 '스윙바이swing-by' 기술 덕분이라고 한다.

'스윙바이'란 우주탐사선의 항법 중 하나로 행성의 중력을 이용하여 궤도를 조정하는 방법이다. '뉴호라이즌스'는 스스로 가속할 만한 추진력을 가지고 있지 않으며, 로켓이 우주선을 발사해주면 관성의 힘으로 이동하다가 주변 행성의 중력을 이용해 날아간다. 즉 우주선이 목성처럼 중력이 큰 행성의 궤도를 지날 때 행성의 중력에 끌려들어가다 '바깥으로 튕겨져나가듯' 속력을 얻는 것이다. 이처럼 행성의 중력을 이용해 비행 방향을 바꾸고 우주선의 속도를 가속시키는 기술을 스윙바이라고 하는데, 이것이 다른 행성으로 가는 제일 안정적인 방법이라고 한다.

자체의 추진력을 모두 상실한 상황에서도 목적지에 데려다주는 힘, 스윙바이. 어느 시집을 읽다가 어쩌면 우주선뿐만 아니라, 우리 인생에서도 그런 것이 필요한 게 아닐까 하는 생각을 했다.

삶이나 시 모두, 스윙바이를 이용해 비행하는 우주선처럼 스스로의 힘으로 목적지에 도달할 수 없는 것일지도 모른다. 갈릴레오호가 금성과 지구의 중력을 이용하여 목적지인 목성에 겨우 도착할 수 있었던 것처럼, 우리의 삶과 시 역시 그런 악전고투의 연속일 것이다.

_조동범, 「스윙 스윙 그리고 스윙」 중에서[2]

나도 내 추진력만으로 여기까지 온 것은 아니지 않은가. 주위 사람들과 나와의 중력, 즉 관심, 사랑, 효심, 의무, 책임…… 이런 것들이 몸과 마음이 너덜너덜해져 완전히 동력을 잃은 듯한 순간에도 나를 비행하게 해주지 않았던가. '뉴호라이즌스'호가 저멀리 명왕성까지 날아갔듯이 말이다.

이런 시기에는 견디는 것이 힘이다. 인생의 가장 무력한 순간에도 버텨야 한다. 『리어 왕』의 대사대로 "울면서 태어난 이상, 참아야" 하는 것이다. 고은 시인의 시구처럼 "누우면 끝장이다. 앓는 짐승이 필사적으로"[3] 하루를 버티듯 우리는 그렇게 서 있어야 한다.

그랬다. 버티면 됐었다.

"걱정을 해서 걱정이 없어지면 걱정이 없겠네"라는 티베트 속담처럼 걱정하지 않아도 됐었다. 그저 걱정하는 것만으로는 그 어떤 문제도 해결되지 않았다. 미국의 유머작가 윌 로저스는 이렇게 말했다.

"걱정은 흔들의자와 같다. 당신을 끊임없이 움직이게 하지만, 결국 아무데도 데려다주지 못한다."

스스로를 미래에 대한 막막함과 두려움으로부터 차폐시키고, 걱정에 빠지는 대신 주변의 소중한 사람들이 나를 이끌어주는 중력만을 생각하면 된다. 연꽃이 늪의 더러움을 견디는 이유는 자신이 감당할 수 없는 무게들은 바로 밀어내버리기 때문이다. 연꽃이 빗방울을 떨구듯, 우리는 염려를 털어내야 한다.

그렇게 한껏 가벼워진 마음으로 잠시 '스윙바이'하다보면, 스스로 움직일 수 있는 추진력을 다시 얻을 수 있다. 비틀거리고 흔들거리면서 목적지를 향해 날아갈 수 있게 되는 것이다. 일생을 유목하며 살아야 하는 어느 아프리카 부족의 속담에 이런 말이 있다.

살아 있는 한 집은 멀지 않다.

글을 쓰다보니, 아버지를 잃고 꿈마저 포기하려던 그 학생에게 전해주지 못한 이야기가 못내 아쉽다. 되도록 그의 이야기를 들어주는 저녁시간을 만들려고 말을 아꼈는데, 그래도 자꾸만 노파심이 든다. 마지막으로 이 이야기를 들려줬다면 그가 기운을 차리는

자체의 추진력을
모두 상실한 상황에서도
목적지에 데려다주는 힘, 스윙바이.
그렇게 한껏 가벼워진 마음으로
잠시 '스윙바이'하다보면,
스스로 움직일 수 있는 추진력을
다시 얻을 수 있다.
비틀거리고 흔들거리면서 목적지를
향해 날아갈 수 있게 되는 것이다.

어느 아프리카 부족의 속담에
이런 말이 있다.
"살아 있는 한 집은 멀지 않다."

데 조금은 도움이 됐을까.

내가 어두운 터널에 있을 때, 난 나를 사랑하는 사람과 함께 있고 싶다. 터널 밖에서 어서 나오라고 외치며 출구를 알려주는 사람이 아니라, 기꺼이 내 곁에 다가와 나와 함께 어둠 속에 앉아 있어줄 사람. 우리 모두에겐 그런 사람이 필요하다.
샘, 상처를 입으면 널 사랑하는 사람 곁으로 가거라. 널 비난하지도, 섣불리 충고하지도 않는, 네 아픔을 함께해줄 사람 곁으로.
_대니얼 고틀립, 『샘에게 보내는 편지』 중에서[5]

자신의 아픔을 생면부지의 내게 처음 털어놓는 것이라는 그에게, 27년 전 우왕좌왕하던 나처럼 많은 짐을 혼자서 다 감당하려는 그에게, 일단 주위를 둘러보고 '스윙바이'를 시도하라고 말해주고 싶다. 분명 존재한다. 그가 몸을 실을 수 있는 중력을 가진 행성이, 적어도 그와 함께 '어둠 속에 앉아 있어줄' 누군가, 무엇이라도 반드시.

지금 네 자리가
한가운데

　　2015학년도 수능시험에서 '복수정답'이 나와 한국교육과정평가
원장이 사퇴하는 소동이 있었다. 처음에는 답이 하나냐 둘이냐 하
는 점이 논란이더니, 복수정답을 인정하고 난 후에는 등급에 손해
를 본 수험생을 어떻게 구제할 것이냐가 다시 쟁점이 됐다. 공정하
고 납득 가능한 객관식 시험이 되려면 반드시 답은 하나여야 한다,
하늘에 태양이 하나이듯이. '답이 두 개면 큰일나는구나!'라는 교
훈을 전 국민이 꽤나 혹독한 대가를 치르고 얻은 셈이다.

　　어느새 이러한 객관식 시험에 익숙해져버린 것일까? 우리나라
사람들은 시험에서뿐만 아니라, 인생에서도 '정답은 하나'라는 사
고방식이 강한 것 같다. 고등학교를 졸업하면 바로 대학에 진학하

는 것이 정답이고, 점수에 따라 진학할 수 있는 대학과 학과가 정답표처럼 정해져 있다(학원마다 '배치표'라는 것을 만든다. 네가 갈 곳은 '여기'라면서). 대학에 들어가면 학점과 공인영어시험 점수·자격증을 얻기 위한, 고등학교 때와 과목 이름만 약간 달라진 시험들이 줄지어 기다리고 있고(시험과 점수의 세계는 끝나지 않는다), 졸업 후에 대기업이나 공기업에 취업하는 이들은 열렬한 축하를 받는다(그것이 정말 누구에게나 행복한 일일까?). 적어도 30대 초중반에는 일정 수준의 '스펙'을 갖춘 배우자와 결혼하는 것이 정답이며(결혼정보회사의 '점수표'를 보면 시집장가 잘 가기 위한 정답이 나와 있다), 또 몇 년 지나면 빨리 아이를 낳는 게 인생의 낙이란다(육아의 힘겨움에 관한 이야기는 쏙 빼놓고서).

이 '정답'에서 조금만 어긋나면 부모님, 선생님, 친구들, 친척과 지인의 까칠한 시선과 함께 쏟아지는 무례한 질문을 감내해야 한다. "너 대학 안 갈 거니?" "빨리 좋은 데 취업해야지?" "결혼할 생각이 있기는 하니?" "아이는? 나이 생각도 해야지." "그 집 아이는 이번에 어느 대학 갔나?" 왈가왈부, 이러쿵저러쿵…… 아! 남의 일에 웬 관심이 그리도 많으신지!

대한민국은 '정답사회'다. 누가 법으로 정한 것도 아닌데, '삶의 정답'이 유령처럼 우리 사회를 떠돈다. 복수정답이 나오면 안 된다. 그러고는 그 답을 따르지 않으면 당장 인생이 망할 것처럼 호

들갑을 떤다. 이 나라에서 다른 것은 틀린 것이다.

문제는 이런 폭력적 강요가 오랜 기간 지속되다보니 사람들이 그 정체불명의 정답을 내면화함으로써 정작 자기 뜻대로 살고 싶은 욕망을 마주하면 몹시 주저한다는 것이다. 인간은 사회적 동물이다. 자기만의 고집대로 살아가기는 쉽지 않고, 남의 시선이 내 주관을 압도할 때가 많다. 그러니 일단 다들 하라는 대로 할밖에.

하지만 정말 그런가? 우리 인생에 정답이 단 하나인가? 아니, 그 정답이라는 것이 도대체 존재하기는 하는가? 우리는 사회가 만들어준 정답을 따라야만 하는가?

20년째 동창회. 인생의 정답은 여러 개가 있다고 생각한다. 저마다의 길, 아름답게.[6]

일본의 화장품 회사 시세이도의 광고 카피였는데, 고등학교 동창회에 나갈 때마다 이 문장이 생각난다. 고3 때 같은 반이었던 한 녀석이 전국 모의고사에서 분자와 분모가 똑같은 등수를 받은 적이 있었다. 말하자면 전국 꼴등인 셈인데, 막상 본인은 약분하면 1이니 자기는 전국 1등이라고 너스레를 떨어서 친구들을 즐겁게 해줬다. 정답을 피해 가는 데 천부적인 재능이 있었던 이 친구는 대학에 가지 않았지만(못 간 것이 아니라 안 간 것이라는 게 본인의 주장), 자기 사업을 잘 일궈 모임에 나올 때마다 회사 기념품을 나눠

주기도 하고 종종 술값을 먼저 치르기도 해서 여전히 동기들에게 인기가 좋다.

우리 학교에는 '정답도사'도 있었다. 모의고사 때마다 '전국 1등'을 차지해 학교의 기대를 한몸에 받던 부동의 수석이었다. 정작 학력고사에서는 전국 1등을 하지 못했지만 사법시험에 합격해 변호사가 되어 지금도 동창회에 빠지지 않고 나온다.

친구들은 이 둘을 나란히 세워놓고 사진을 찍으며 '비교체험 극과 극'이라고 놀리는데, 쉰 넘은 녀석들이 낄낄대며 노는 모습이 귀엽기까지 하다. 한 장의 사진 속에서 나란히 어깨동무를 한 왕년의 전국 꼴찌와 전국 1등의 정다운 모습을 보면, 정말이지 인생의 정답은 여러 개라는 생각이 든다.

그러므로 광고 카피처럼 "저마다의 길, 아름답게".

건축계의 노벨상이라 불리는 프리츠커 상 수상자인 일본의 건축가 이토 도요오가 한국을 방문했을 때, 그에게 건축을 전공하게 된 계기를 물었는데 그 대답이 걸작이었다. "거창한 뜻이 있어서가 아니라 1, 2학년 때 너무 놀다보니 전공학부를 결정하는 3학년 때 선택 가능한 학과가 몇 안 됐기 때문"이란다. 요즘 학부제로 대학에 입학해 2, 3학년 때 원하는 학과(사실 원한다기보다는 학점이 높은 학생들이 주로 선택하는 '정답학과')에 들어가지 못해서

울고불고 심지어 자퇴까지 생각하는 친구들에게 들려주고 싶은 얘기다.

어떤 배우지망생이 30년 전 연극판에 들어왔다. 하지만 단역으로도 무대에 설 기회가 많지 않았다. 연극에 미쳤는데 연기 실력은 그에 못 미쳤던 것이다. 극단 대표는 그를 딱하게 여겨 연출을 해볼 기회를 줬다. 워크숍 공연 후 대표는 말했다.

"야, 너는 배우도 텄고 연출도 젬병이군."

하지만 그는 연극판에 남았다. 연기도 못하고 연출도 못하니 극단 살림을 맡았다.[8] 이 사람이 바로 〈시카고〉 〈아이다〉 〈맘마미아〉 〈댄싱섀도우〉 〈렌트〉 〈갬블러〉 등 히트 뮤지컬을 잇달아 무대에 올려 한국 최고의 뮤지컬 제작자로 꼽히는 박명성 신시컴퍼니 대표다.

얘기하자면 한이 없는 이 전설 같은 얘기들, 수많은 인생의 역전들, 완전히 망했다고 생각했던 그날 이후 새롭게 보이던 한줄기 기회들, 할 수 없이 '선택당한' 길에서 어정어정 남아 있다보니 자기 분야의 거장이 되어 있더라는 허탈하기까지 한 성공담들…… 정답을 맞히지 못했다고 해서 그들이 성공의 변방을 떠돌던 주변인은 아니었던 것이다.

나 역시 학창 시절 '정답'이라고 당연하게 생각했던 고시에 연달아 낙방하고 이후 10년 동안 직장 없이 지냈지만, 차선으로 찾아든 교직에서 소질과 적성을 찾게 됐다. 여러 경험을 통해 확신을 갖고 얘기할 수 있다. 인생에는 잘 포장된 탄탄대로와 같은 '정답의 길' 하나와 그 길을 가지 못한 루저들이 주변을 돌아서 가야 하는 여러 개의 샛길이 있는 것이 아니다. 세상은 저마다의 빛과 그늘을 함께 지니고 있는 사람 수만큼의 오솔길들로 이뤄져 있다.

왜 있지도 않은 정답을 따르려고 안간힘을 쓰는가? 왜 있지도 않은 정답을 따르지 못했다고 자책하는가?

나는 나고, 너는 너고, 그는 그다. 저마다의 아름다운 선택이 있는 것이다. 아무것도 잘못된 것은 없다. 아직 자신만의 길에 대한 확신이 없을 뿐이다. 당신이 당신의 길을 뚜벅뚜벅 걷고 있다는 것, 오직 그 사실만이 중요하다.

남과 똑같이, 정답을 따라 한가운데로 가지 않아도 아무 문제 없다. 그냥 괜찮을 거라는 막연한 위로가 아니다. 서로 똑같은 모습이 되려고 절망적으로 투쟁하는 현대사회에서 스스로를 주류에서 차별화시키는 것은 오히려 성공의 확률을 높인다. 빌 게이츠, 스티브 잡스, 마크 주커버그…… IT 시대를 열어젖힌 세 영웅이 모두 대학을 중퇴했다는 사실은 무엇을 의미하는가? 이렇게 머나먼 타국 CEO들의 예를 들 필요도 없다. 지금 우리 사회에서도 자기 분야에서 인정받고 존경받는 이들은 '정답'을 따른 것이 아니라, 자기 방식대로 묵묵히 삶을 이끌어온 사람들이다.

또 우리는 이런 사람들처럼 반드시 최고가 돼야만 하는 것도 아니다. '나 자신의 답안지'를 따라 성실하게만 가고 있다면, 잘하고 있는 것이다. 나태하고 포기하는 영락零落이 아니라면 성공은 오히려 정답에서 멀리 떨어질수록 더 가까워지는 것인지도 모른다.

"히말라야에서의 모든 날들이 위대한 것은 아니다."⁹

역사상 위대한 등반가 중의 한 명으로 불리는 오스트리아의 산악인 헤르만 불의 말인데, 개인적으로 가장 좋아하는 명언이다. 우리는 대개 에베레스트 산 같은 고산高山을 등정하는 일을 상상할 때, 가파른 등정로를 악전고투하며 걷거나 외줄에 의지해 절벽을 기어오르는 장면을 떠올린다. 하지만 기상이나 다른 여건이 나쁘면 텐트 속에서 컵라면이나 끓여먹으며 상황이 좋아질 때까지 무작정 기다려야 하는데, 이 시간 역시 산 정상에 국기를 꽂고 만세를 부르는 순간만큼 위대한 등정의 일부라는 것이다. 나태를 합리화하라는 말이 아니다. 나만의 꿈을 모색하고 있는 한, 비루한 일상마저 위대한 꿈의 일부임을 잊지 말라는 것이다.

그렇다. 지금은 자신을 유배시킨 채 기다림의 시간을 보내고 있더라도, 꿈을 포기하지 않는 한 그대는 여전히 그 꿈을 실현하는

나침반이 없던 시절,
뱃사람들은 북극성을 향해 돛을 매달았다.
북극성까지 가려고 그런 것이 아니었다.
칠흑 같은 어둠 속에서도
북극성만이 흔들리지 않고
우리를 이끌어주었기 때문이다.

지금 잠시 웅크린 채 표류하고 있을지라도
북극성에서 눈을 떼지 말아야 한다.

위대한 여정을 밟고 있는 것이다. 이런 시기에는 지금 침낭 속에서 시간을 때우고 있다는 사실이 아니라, 여전히 내가 꿈꾸기를 중단하지 않고 있으며, 그를 위해 나름의 모색을 계속하고 있다는 사실을 기억해야 한다. 그 순간 그대의 가장 큰 적은 타인의 시선이 아니라 스스로의 불안이다.

나침반이 없던 시절, 뱃사람들은 북극성을 향해 돛을 매달았다. 북극성까지 가려고 그런 것이 아니었다. 칠흑 같은 어둠 속에서도 북극성만이 흔들리지 않고 우리를 이끌어주었기 때문이다. 간절한 꿈은 우리를 어디로든 이끌어준다. 그러므로 지금 잠시 웅크린 채 표류하고 있을지라도 북극성에서 눈을 떼지 말아야 한다.

괜찮다. 서툴더라도 네 방식대로 살아라. 모자라더라도 네 자신이 되어라. 막막하더라도 다시 일어서라.

너만의 북극성을 꿈꾸는 한, 지금 네가 서 있는 바로 거기가 정답이니까, 바로 그 자리가 세상의 한가운데니까.

절망
대처법
**스페로 스페라,
숨을 쉬는 한
희망은 있다**

    절망의 시대다. 뉴스 보기가 겁난다. 연일 터져나오는 충격적인 사건사고와 우왕좌왕 임시방편을 보고 있자면 분노를 떨칠 수가 없다. 계층 이동의 사다리는 하나둘씩 사라지고 성공의 유일조건은 '잘난 아버지'라는 자조에 무력감이 든다. 정치-관료-재벌, 이 '철의 삼각편대'가 지키는 것이 많아질수록 청년들은 포기하는 것이 많아지고, 재벌 할아버지를 두지 않는 한 희망은 아무나 가질 수 없는 사치가 되고 있다. 망명하듯 무조건 나라를 떠나고 싶다는 사람들이 많아졌다.

    "자극과 반응 사이에는 공간이 있다. 그 공간에는 반응을 선택할 수 있는 자유와 힘이 있다. 우리의 성장과 행복은 그

반응에 달려 있다."

아우슈비츠 수용소에서 살아남아 『죽음의 수용소에서』라는 책을 쓴 빅터 프랭클의 말이다. 평소 내가 존경하는 분이 보내준 연하장에서 이 아포리즘을 만났다. 이 글을 몇 번이고 곰곰이 다시 읽다가, 이런 질문을 하게 됐다. 우리 모두가 맞닥뜨린 이 좌절의 시대에, 사회의 고질적인 문제와 우리의 분노 사이에는 공간이 있지 않을까. 그 공간 안에 우리 각자가 고를 수 있는 반응의 선택지가 존재하지 않을까.

바벨을 계속 들어올리면 근육이 커진다. 흔히 속근速筋이라고 부르는 큰 근육을 빨리 만들고 싶으면 가벼운 중량을 여러 번 드는 것보다 적은 횟수라도 무거운 중량을 드는 것이 좋다. 자기 힘으로 감당하기 힘든 무게를 억지로 들어올리면 근육에 상처가 나는데 이것이 아물면서 근육이 커지기 때문이다. 이렇게 자극을 받고 그것을 견디면서 생겨나는 새로운 힘을 '응내성應耐性, hormesis'이라고 부른다. 근육을 키우는 것도, 예방주사를 맞는 것도 다 비슷한 원리다.

우리는 보통 스트레스 없는 순탄한 인생을 살아야 오래 산다고 생각하지만 장수를 위해서는 끊임없이 적당한 자극이 있어야 한다. 이것을 '옵티멈(적정) 스트레스optimum stress'라고 하는데, 이는 장수의 기본 요건이다. 적정 수준의 자극을 계속 견뎌내다보면 큰 자극이 왔을 때도 살아남을 수 있는 힘이 생긴다. 예컨대 처음부터 큰 방사능에 노출되면 세포는 바로 죽어버리지만, 조금씩 자극을 주면 이를 견디는 힘이 생겨 큰 자극을 받아도 살아남을 수 있다고 한다.[10] 스트레스가 생명력을 성장시키는 것이다.

삶도 마찬가지다. 역경이나 스트레스를 전혀 받지 않고 자라면 강건할 것 같지만 아주 작은 자극에도 쉽게 무너져버린다. 아버지와의 갈등으로 뒤주에 갇혀 죽은 사도세자에게 '그래도 왕자의 영화를 누렸으니 좋겠다'고 말할 사람이 있을까? 흔히 부모 잘 만난 사람들은 편안하게 인생을 사는 것 같지만, 이따금 보도되는 가십이나 재판을 통해 들여다보면 그들의 속내는 엉망진창인 경우가 있다. 너무 풍요하게 자라나서 '삶의 면역력 부족'에 시달리는 것이리라.

인간기관차라 불렸던 체코의 육상선수 자토페크가 탈장수술 직

후에도 경기를 완주해내 전 세계를 놀라게 한 적이 있다. 그때 그가 남긴 한마디.

"육상선수는 주머니에 돈을 넣고 뛸 수 없습니다. 머리에는 꿈을, 가슴에는 희망을 품고 뛰어야 합니다."

인생이라는 달리기도 마찬가지일 것이다. 물론 우리에게는 돈이 필요하다. 하지만 우리를 달리게 하는 것은 주머니에 가득한 돈뭉치가 아니라 여전히 절실한 꿈이다. 삶을 완주하게 하는 동력은 상속받은 행운이 아니라 좌절을 대하는 우리의 버릇, 응내성이다.

뜨거운 태양 아래서 몇 날 며칠 사막을 걸어야 하는 낙타는 항상 해를 정면으로 바라본다고 한다. 태양을 피하기 위해 등을 돌리면 몸통 전체가 땡볕을 받아 더욱 달아오르지만, 태양을 정면으로 마주보면 오히려 햇볕을 받는 부위가 줄고 몸통에 그늘이 져 고통이 덜하기 때문이다. 태양을 피해 도망갈 곳이 없을 때 견뎌내는 유일한 방법은 그것을 정면으로 바라보는 것이다. 고통을 대하는 고수의 방식이다.

어릴 때 우리 동네에 싸움을 정말 잘하는 친구가 있었다. 친구들은 그를 '원펀치'라고 불렀다. 한 방이면 된다는 의미였다. 그 친구는 몸집은 작았지만 주먹이 참 셌는데, 나중에 그 비결을 알았다. 그는 항상 손안에 작은 자갈을 쥐고 싸웠다. 그가 움켜쥔 자갈이 악력을 세게 해줬던 것이다. 시간이 흐른 후 나는 삶의 최전선에서 싸울 때에도 마찬가지가 아닐까 하는 생각을 했다. 악력이 팽팽할 때에는 누가 더 절실한 자갈을 손에 쥐고 있느냐가 승패를 결정한다. 싸움판에서는 악에 받쳐 싸우는 사람이 제일 무섭다고 한다. 손에 '절망'이라는 자갈을 쥐었기 때문이 아닐까. 절망은 우리를 약하게 하는 것 같지만, 실은 강하게 만든다. 그것을 내던지지 않고 손에 꼭 쥘 수만 있다면.

절망을 대하는 바람직한 태도는 바로 이런 것이 아닐까? 태양과 당당하게 마주서거나, 자갈처럼 손에 꼭 쥐고 힘껏 내지르는 것.

흔히 라이트 형제가 최초로 비행기를 만들었다고 알려졌지만 같은 시기에 다른 이들도 비슷한 시도를 했다. 대표적인 사람이 '랭글리'라는 과학자이다. 펜실베이니아의 웨스턴(현 피츠버그) 대학 천문학 교수이자 스미스소니언협회 회장이었던 그는 비행기를 '이론'의 문제로 인식하고, 새와 유인동력비행기의 비행법칙을 공식으로 정립하려고 노력했다. 의회의 천문학적인 재정지원으로 마침내 비행기 엔진을 개발해 라이트 형제보다 열흘 먼저 공개했지만, 실제 비행 테스트를 하지 않은 탓에 그의 비행기는 하늘을 날아보지도 못하고 참담한 망신을 당해야 했다.

반면 라이트 형제는 학자가 아니었다. 단지 하늘을 날고 싶다는 열망을 가진 자전거 수리공일 뿐이었다. 그들이 선택한 방법은 끝없는 시행착오. 무수한 테스트와 반복되는 실패를 통해 자신들의 비행기를 점진적으로 개선해나가는 것이었다. 결국 천 번 이상의 실험을 이어가고, 200개 이상의 날개를 제작하고 또 실패한 끝에 플라이어 1호 비행을 성공시켰다.[11]

대학자는 망신당하고 수리공이 영광을 차지한 이 결정적인 차이는 어디에서 왔을까? 누가 더 실패에 당당히 마주서고 이를 응내성의 원천으로 사용해 악력을 길렀는가의 차이가 아닐까. '세계 최초의 비행기 발명가'라는 영원한 명예는, 하나의 성공에 수천 번의 실험이 따르고, 실험이란 무수히 많은 실패의 요소들을 발견하고 그로부터 진화하는 과정임을 아는 자에게 돌아간 것이다.

꾸준히 시도하는 것이 중요하다. 실패를 두려워하지 않는 것이 중요하다. 소설가 파울로 코엘료는 『아크라 문서』에서 이렇게 썼다.

패배자는 패배한 사람이 아니라 실패를 선택한 사람이다.

패배는 전쟁에서 지는 것을 의미하지만, 실패는 아예 싸우러 나가지도 않는 것을 의미한다. 싸우지 않으면 패배의 두려움도 없어지겠지만, 승리의 싹도 함께 뽑혀버린다. 사실 실패란 감기 같은 것이다. 누구나 걸린다. 뭘 잘못해서 그런 것도 아니다. 시간이 흐르면 결국 낫는다. 감기에 좌절해서 삶을 포기하는 사람은 없지 않은가. 꺾이지 말라. 실패는 이렇게 다룰 일이다.

라틴 격언에 이런 말이 있다.

　　바람이 도와주지 않는다면 노에 의지하라.

실패란 결국 인생이라는 체육관에서 희망의 근육을 키워주는 덤벨 같은 것일 뿐이다. 실패할수록 손을 꽉 쥐고, 절망의 심연에서 나뒹굴수록 정면을 똑바로 응시하라. 그리고 희망의 근력을 키워나가라. 희망만이 절망을 다루는 약이다.

가장 독한 절망 속에서도 동요하지 않는 희망을 부르는 주문 하나가 여기 있다.

　　스페로 스페라 Spero Spera.

　　숨을 쉬는 한 희망은 있다.[12]

싸움판에서는 악에 받쳐 싸우는
사람이 제일 무섭다고 한다.
손에 '절망'이라는 자갈을
쥐었기 때문이 아닐까.
절망은 우리를 약하게 하는 것 같지만,
실은 강하게 만든다.
그것을 내던지지 않고
손에 꽉 쥘 수만 있다면.

가장 독한 절망 속에서도 동요하지 않는
희망을 부르는 주문 하나가 여기 있다.
스페로 스페라 Spero Spera.
숨을 쉬는 한 희망은 있다.

나는
견딘다
고통의 서랍들이
동시에
열리지 않기를

절대고통의 순간. 그 어떤 다독임으로도 견디기 어려운 고통과 마주해야 할 때가 있다. 간절하게 바라던 그 무엇이 좌절됐거나 소중하기 그지없는 존재를 빼앗겼을 때, 어떠한 노력으로도 그 좌절과 상실을 복구할 수 없다는 무력감이 몸과 마음을 발기발기 찢어놓을 때가 있다.

그럴 때 우리는 무엇을 할 수 있는가? 하염없이 나약한 한 인간이 어떻게 그 '절대고통'을 버텨낼 수 있는가?

내게도 몇 번의 경험이 있다. 사랑하는 가족이나 절친했던 친구가 세상을 떠났을 때, 내 인생을 전부 걸었지만 그것이 내가 이룰 수 없는 것임을 알았을 때, 사랑하는 사람을 잃었을 때, 유학 시절한 아이의 아빠가 되었지만 당장 이 경제적 곤궁을 해결할 만한 힘이 내게 없다는 것을 알았을 때…… 냉엄한 현실 앞에서 완전히 무력한 나에 대한 자괴감과 대면해야 했던 순간들이 있었다. 의식과 열정이 미라처럼 말라붙어, 누워도 잠이 오지 않고 서 있어도 정신이 깨어나지 않는 몽롱함이 나를 통째로 삼켜버렸던 시간이 있었다.

그럴 때는 어떻게 해야 하는가?

나는 일단 몸부터 움직였다.

나는 마음은 몸과 연결되어 있다고 믿기 때문에 마음을 바로잡아야 할 때면 일단 몸을 곧추세우려고 노력한다. 마음이 무너지면 몸도 함께 무너지고, 체력이 점점 약해지면 마음은 바닥의 깊이를 모르고 더욱 가라앉는다. 이런 악순환의 반복을 여러 차례 경험했다. 그래서 마음이 힘들면, 몸부터 다스리려고 애쓴다.

제일 먼저 술과 담배를 멀리한다. 평소에도 술을 많이 마시면 다음날 아침 근원을 알 수 없는 공허와 슬픔이 밀려오곤 하는데, 우울한 시기에는 오죽할까. 지금은 금연하고 있지만 담배를 많이 피우던 때에도 마음이 힘들면 오히려 담배를 줄이려고 무척 노력했다.

대신 운동을 열심히 하려고 애쓴다. 특히 수영이 좋았다. 한껏 숨을 참고 물속 깊이 잠수하면 마치 어머니 뱃속에라도 다시 들어온 듯, 외부와 차단된 채 보호받고 어루만져지는 느낌을 받곤 한다. 또 꽤 격렬한 전신운동인 수영을 오래하면 나른하게 피곤해져 불면이 해소되고, 새벽까지 괜한 고민을 더 얹어가며 뒤척이지 않아도 된다.

이런 때에는 혼자 있는 시간도 많아진다. 혼자서 잘 지내는 것은 어렵다. 고민과 상념의 나선 속으로 빨려들어가기 일쑤이기 때문이다.

혼자 있을 때 사람들은 청소를 하고, 책을 읽고, 영화나 TV를 보면서 뭔가 다른 일에 정신을 쏟으려 하는데, 나는 글을 썼다. 책이나 칼럼처럼 다른 사람에게 읽히는 글이 아니다. 그냥 낙서처럼 두서없는 글을 쭉쭉 적어내려간다. 영화 〈채피〉에서 로봇이 자기 영혼을 컴퓨터에 옮기듯, 내 문제의 근원과 스트레스, 감정, 생각 등을 전부 옮겨 적는다. 그러고 나면 머릿속의 문제들이 종이 위로 옮겨진 듯한 느낌이 든다. 이것은 '복사'가 아니라 '잘라내기-붙여넣기'의 과정이다. 근심과 고통들을 종이에 적어나가는 동안, 내 머릿속에서는 그것들이 지워지기를 바라면서 글을 쓴다.

이게 순진한 희망사항만은 아니다. 어떤 실험에서 중요한 시험을 앞두고 걱정이 많은 학생들을 두 그룹으로 나눈 뒤, 한 그룹은 그냥 시험을 치르고 다른 그룹은 시험 전에 자신의 걱정에 대해 간략히 글을 쓰게 했다. 시험을 치른 결과 사전에 글을 쓴 그룹의 성적이 더 좋았다고 한다. 걱정을 덜고 시험에만 집중할 수 있었기 때문이다. 실제로 글쓰기에는 어느 정도 걱정을 지우는 효과가 있는 것이다.

그럼에도 불구하고 어떤 '절대적인' 고통과 맞닥뜨렸을 때는 이런 방법들이 전혀 듣지 않는다. 한번은 너무 괴로워서 결국 신경정신과 전문의에게 몇 달 동안 진료를 받은 적도 있다. 다양한 약들을 처방받아 이것저것 먹어봤는데 어느 것도 효과가 없었다. 당황한 의사가 그 약들을 월드컵 리그전 벌이듯 짝을 지어 두 개씩 먹어보라고 권했는데, 그마저도 효과가 없었다. 그러던 중 나를 괴롭히던 상황이 해결되자 언제 그랬느냐는 듯 몸은 씻은 듯이 나았다. 몸도 중요하지만 역시 마음의 문제는 마음이 다스려야 함을 절실하게 느꼈다.

홀로 마음을 다스릴 때 내가 제일 먼저 떠올리는 것은 '약장'이다. 한약방에서 약재를 보관하는, 작은 서랍이 아주 많이 달린 약장 말이다. 먼저 내 마음을 그 약장처럼 많은 서랍들로 잘게 구분한다. 그 서랍들에 일거리는 수업·행정·책·강연·프로젝트, 집안일은 어머니·자녀·아내·처가·형제, 인간관계는 사람별·모임별 등등 나의 모든 생각을 각각 나눠 담는다. 물론 지금 나를 괴롭히는 바로 그 걱정도 마지막 서랍에 담는다. 그다음엔 동시에 두 서랍이 열리지 않도록 최대한 노력하는 것이다. 일할 때는 일거리 서랍만 열고, 집안일을 생각할 때는 가족 서랍만 연다. 어느 순간에도 그 '고통의 서랍'이 동시에 열리지 않도록 집중하는 것이다. 잘 안 되지만, 자꾸 연습하고 노력하면, 완벽하게는 아니더라도 어느 정도는 고통의 서랍을 임시로 닫아둘 수 있게 된다.

이도저도 안 될 때 쓰는 최후의 방법은 '웅크리는' 것이다. 강력한 천적을 만나 보호색 아래서 잔뜩 웅크린 벌레처럼 마음을 줄이고 줄이고 또 줄인다. 이때 떠올리는 것이 '호두'다. 맛있는 견과 알맹이가 딱딱한 껍데기 속에 숨어 있는 호두.
그랬다. 내 최후의 보루는 호두였다.

> 웅크리고 보호색을 띠고 있는 것들은 모두 슬프다
> 잠잠히, 발견되지 않기를
> 눈을 감고 기다리는 것들
> 사라졌기를, 사라졌기를
> 다만 바란 채
> 바닥보다 더 간절히 엎드리는 것들
> _박연준, 「웅크리다」 중에서[13]

내 마음이 알맹이라면, 그 마음을 단단한 껍데기로 둘러싼 후 해일이 오든 태풍이 불든, 나를 괴롭히는 이 고민들이 사라지기를 바라면서 "바닥보다 더 간절히 엎드리는" 것이다.

박연준 시인의 『아버지는 나를 처제, 하고 불렀다』라는 시집을 읽으면서, 시인 역시 어떤 절대고통 속에서 이 시를 쓰지 않았을까 하는 상상을 했다. 딸인 나를 기억하지 못하고 당신의 아내와 어딘가 닮은 나를 '처제'라고 부르는 아버지, 그리고 그런 아버지를 병원에 "걸어놓고" 나오는 나(「뱀이 된 아버지」). 그렇게 시인은 잔뜩 웅크린 채, 바다 밑 석화石花 덩어리 하나 마음 깊이 품었는지도 모를 일이다.

이도저도 안 될 때 쓰는
최후의 방법은 '웅크리는' 것이다.
강력한 천적을 만나
보호색 아래서 잔뜩 웅크린 벌레처럼
마음을 줄이고 줄이고 또 줄인다.
마음을 단단한 껍데기로 둘러싼 후
해일이 오든 태풍이 불든,
나를 괴롭히는 이 고민들이
사라지기를 바라면서
"바닥보다 더 간절히 엎드리는" 것이다.

내 마음이 물었다,
'너, 행복하니?'

　온라인상에서 틈틈이 소식만 나누던 옛 친구들이 모인단다. 나이가 들수록 진짜 친구들은 '사이버 친구'가 되어가고, 일로 엮인 사람들을 가족보다 더 자주 본다. 어른의 삶이란 이렇다. 그리운 사람들은 너무 멀리 있고, 괴로운 사람들은 너무 가까이 있다.

　이번엔 일 핑계 가족 핑계 다 치우고 무조건 전원 참석해야 한다고 총무의 성화가 대단하다. 동창회 같은 데는 거의 나가지 않는 편이지만, 그래도 이번엔 가봐야겠다는 생각이 든다. 단지 의무감만은 아니다. 뭐라고 딱 꼬집어 얘기할 순 없는, 막연한 기대도 하나 있다.

　마침내 약속 당일, 조금 늦게 모임 장소에 들어서는데…… 아니

나 다를까, 그 사람이 있다! 대학 시절 내내 좋은 감정으로 바라봤던 사람. 지금은 기억나지 않는 이유로 헤어졌던, 그러나 빛바랜 사진처럼 기억 속에서 가끔 떠오르곤 하던 그 사람이, 바로 저기에 있다. 자리가 멀리 떨어진 탓에 어색한 눈인사만 주고받는다.

공식행사가 끝나고 자리를 이동할 때, 드디어 대화를 나눴다. 간단한 인사와 근황, 소식은 간혹 전해 들었다는 '선을 넘지 않는' 예의 바른 질문과 대답들…… 대화가 거기서 적당히 끝났다면 좋았을 것을, 그가 마지막에 던진 질문의 파장이 집에 돌아와서도, 아니 그후로도 아주 오랫동안, 나를 맴돈다.

"행복하세요?"

무엇이었을까, 그 질문은? 한때 인연 맺었던 사람의 무사함을 안도하는 뜻에서 확인차 물어본 것일까, 아니면 네가 아무리 그래봤자 소심하고 걱정 많은 사람이란 걸 난 알지, 하고 나를 은근히 타박한 것일까? 그도 아니면 '식사는 하셨어요?'처럼 의례적인 안부를 내가 확대해석하고 있는 것일까? 머릿속이 시끄럽다.

복잡한 심사를 헤치고 그가 물었던 마지막 질문을 차분히 스스로에게 다시 묻는다.

'나는 행복한가?'

다들 행복을 말한다. 인생의 목표는 행복이며, 우리는 반드시 행복해져야 한다고 외친다. 행복해지는 방법을 조언하는 책과 TV프로그램들이 넘쳐나고, 체계적으로 행복을 연구하려는 학문적인 시도도 거듭되고 있다. 나도 마찬가지다. 수업이나 강연을 할 때, '사람이 살아가는 이유'의 피라미드 제일 위에 아주 당연하게 '행복'이라고 적는다. 그 자리에 돈이나 소비나 권력 같은 것이 올라가면 큰일난다고 말한다. 그 '삶의 목표-수단의 먹이사슬' 제일 윗자리에 행복이 놓여야 한다는 사실을 한 번도 의심해본 적이 없다.

그러나 행복은 말처럼 쉬운 감정이 아니다. 그대의 경우는 어떤가? 누군가 "행복하세요?" 하고 물으면, 자신 있게 그렇다고 대답할 수 있는가? 당신만 대답을 머뭇거리는 것이 아니다. 지금 이 순간 "아, 정말 행복하다!"고 말할 수 있는 사람이 얼마나 될까. 비록 삶이 비참하지 않더라도, 심지어 겉보기에는 행복의 조건을 다 거머쥔 것처럼 보이는 사람들도, 스스럼없이 '행복하다'고 답하기는 쉽지 않다. 당신만 움찔했던 게 아니다.

행복을 뜻하는 'happiness'는 고대 스칸디나비아어 'hap'에서 유래했다고 한다. '운이나 기회처럼 아주 드물게 일어나는 일'이라는 의미이다. 그렇다. 행복은 귀한 감정이다. 우리가 뭔가를 이루거나 가져서 포만감이 밀려올 때, 그때 '잠깐' 느낄 수 있는 순간적인 감정이다. 항상 느낄 수 있는 당연한 감정이 아니다. 그래서 불시에 누군가가 '지금 행복한가?' 하고 물었을 때, '아, 행복하다'고 대답하기는 매우 어렵다. 행복은 내내 땀범벅으로 등반하다가, 산정상에 올라섰을 때 우리 뺨을 잠깐 스치고 지나가는 바람과 같다. 인생에서 행복을 구하기 위해 노력하는 기나긴 세월에 비하면 진정 행복하다고 느끼는 순간들은 찰나이다.

행복의 감정은 왜 이렇게도 짧은가?

이 현상에 대해 학자들은 여러 각도에서 설명한다. 진화심리학자들은 좋은 기억보다 나쁜 기억을 더 오래 유지해야 생존에 유리하다는 점을 지적한다. 행복했던 기억만 오래 간직한 채 나른하게 지내기보다는, 안 좋았던 기억을 유지하며 각성한 상태로 있는 것이 위험한 포식자들 틈에서 살아남는 데 더 적합하다는 것이다. 호르몬으로 설명하는 학자들도 있다. 행복감은 주로 도파민이 분비될 때 느낄 수 있는데 이 도파민은 '새로운' 쾌감에 반응하는 것이어서 익숙해지면 행복감을 계속 느끼기 어렵다. 또 어떤 실험에 의하면 사람은 동일한 금액이라도 이익보다 손실을 약 2.5배 크게 느낀다고 한다.[14] 우리는 행복보다 고통을 더 크게 느끼도록 만들어진 동물이라는 뜻이다. 결국 이런 이론들이 공통적으로 주장하는 것은 늘 행복한 상태를 유지하기란 사실상 어렵다는 점이다.

그러므로 행복에 대구를 이루는 상대어는 불행이 아니다. '일
상'이다. 지금 이 순간 행복을 느낄 수 없다고 해서 그것이 곧 불행
을 의미하는 것은 아니다.

그럼에도 불구하고, 많은 사람들이 '행복하지 않으면 안 된다'
는 강박관념에 사로잡혀 있다. 굳이 이름 붙이자면 '행복의 독재'
랄까. 여기에 속박된 사람들은 거리에서 혹은 SNS에서 타인들을
볼 때마다 '다른 사람들은 저렇게 행복한데 나는 뭔가?' 하는 자괴
에 빠지기도 한다. 이 불행한 상태를 벗어나 다시 행복하다는 감정
을 느끼려면 무엇인가 새로운 자극이 필요하다. 그래서 이른바 '신
상'들을 구매하고, 새로운 사람들과 끊임없이 약속을 잡아본다.

하지만 생각해보라. 지금 나와 함께하고 있는 가족·친구·지인,
그리고 화려하지는 않지만 내 손으로 얻어낸 소유물들…… 이 모
든 것들이 처음 내게로 올 때 주었던 크고 작은 행복감들을. 그들
이 이 순간 나에게 뜨거운 행복을 지속시켜주지 못한다고 해서, 지
금 내가 불행한 것은 아니다. 어쩌면 행복이란 머핀에 박힌 작은
초콜릿 알갱이 같은 것이다. 맛있는 머핀에서 초콜릿만 파먹고 내
버릴 수는 없는 일이다.

행복을 권하는 사회다. 하지만 역설적으로 그런 행복에의 강박
이 오히려 우리를 불행하다고 느끼게 만드는 근원인 것은 아닐까?
어쩌면 현대 소비사회는 행복을 강조함으로써 '불행해서는 안 된

다'는 강박을 심는 사회인지도 모른다. 그리고 불행해지지 않기 위해서는 끊임없이 너 자신의 외모를, 소유를, 머무는 곳을 바꿔보라고 권한다. 세상엔 너 자신을 개선하여 행복감을 느끼게 해줄 수 있는 것들이 널려 있으므로 지금 당장 지갑을 열기만 하면 된다고 광고판 너머에서 아름다운 미소를 짓는다.

이 사회에서는 누군가 불행하다고 느낄 때, 다른 누군가는 돈을 번다. 쇼핑으로, 상품화된 여가활동으로, 약과 수술로……

하지만 정말 그럴까? 그렇다면 우리 삶의 목표는 결국 최대한의 수단을 동원해, 가능한 한 길게 행복감을 연장시키는 데 있는 걸까?

"행복을 목표로 설정하고 싶다는 생각에는 전혀 마음이 끌리지 않는다. 안락이나 행복을 토대로 구축된 윤리체계는 소떼에게나 어울릴 것이다."

아인슈타인은 이렇게 말했다. 그는 인간이란 단지 안락한 행복만을 갈구하는 존재가 아니요, 더 적극적이고 능동적인 존재라고 믿었다. 힌두교나 불교에서 궁극의 열반은 "지극히 행복해지는 것"이 아니라, 그 "행복을 얻으려는 욕망에서 자유로워지는 것"[15]이다.

지금 나와 함께하고 있는
가족·친구·지인,
그리고 화려하지는 않지만
내 손으로 얻어낸 소유물들……
이 모든 것들이 처음 내게로 올 때 주었던
크고 작은 행복감들.
그들이 이 순간 나에게 뜨거운 행복을
지속시켜주지 못한다고 해서,
지금 내가 불행한 것은 아니다.

그런 소박함이 노을처럼 사그라들지 않고,
오래 지속될 진정한 충족감의 원천이다.

그러므로 '지금 행복하다고 느끼지 못하면 큰일'이 아니라, '지금 불행하다고 느끼지 않으면, 이 평범한 일상이 진정 행복한 것'이라는 겸허한 마음의 자세가 필요하다. 행복은 내가 가진 것에서 오는 것이 아니라, 그것을 대하는 나의 태도에서 온다. 행복은 목표가 아니라 삶의 방식이다.

자신을 있는 그대로 정확히 인식하고 '그럼에도 나는 소중한 존재'임을 스스로 긍정할 수 있는 마음의 태도, 그 긍정을 굳이 지갑의 브랜드나 명함에 박힌 소속이나 타인이 큰 의미를 두지 않고 누르는 '좋아요' 개수에 의존하지 않는 마음의 태도가 중요하다. 그런 소박함이 노을처럼 사그라들지 않고, 오래 지속될 진정한 충족감의 원천이다.

행복은 요물이다. 행복해야 한다는 강박관념에서 벗어날 수 있을 때, 비로소 행복을 오래 느낄 수 있으니까. 역설적이지만 우리를 진정 행복으로 이끄는 것은 경쟁적으로 행복해지려는 투지와 노력이 아니라 자신을 있는 그대로 받아들이려는 '행복에의 초월'인지도 모른다.

인생은 결국
나라는 관객만이
끝까지 지켜보는 연극

〈지킬 앤 하이드〉라는 뮤지컬을 봤다. 공연의 백미는 역시 주인공 내면에 존재하는 선악이 맞닥뜨리는 노래 〈대결Confrontation〉이었다. 한 배우가 지킬과 하이드의 두 목소리를 교차하며 불러, 갈등의 정점으로 치닫는 곡이다.

"어쩌면 한 사람에게서 저렇게 다른 목소리가 나올 수 있지요? 마치 두 사람이 번갈아 부르는 것 같아요!"

함께 관람한 이들 모두 감탄했다.

내 안에도 여러 개의 자아가 있다는 걸 실감할 때가 종종 있다. 예컨대 휴일 아침 이 글을 쓰고 있는 지금은 어떤가? 이렇게 글을 쓰는 내가 있고, 평소 보고 싶었던 영화를 보러 당장 밖으로 뛰쳐

나가고 싶은 내가 있고, 이거저거 다 됐고 그저 잠이나 좀더 자고 싶다고 생각하는 내가 있다. 지금 당신도 마찬가지일 것이다. 앉아서 이 책을 읽는 당신이 있고, 일거리는 쌓여 있는데 오늘따라 왜 이리 독서욕이 끓어오르는가 자책하는 당신이 있고, 그 와중에 카카오톡으로 친구가 보낸 '맥주' 아이콘을 보고 어떡하나 망설이는 당신이 있다.

지금 이 순간, '글을 쓰려고 하는 나'와 '책을 읽으려고 하는 당신'이 '다른 무수한 자아들'을 이겨내고 이렇게 만나고 있다.

훨씬 심각한 갈등의 순간도 온다. 이기적인 나와 이타적인 내가, 지금 당장을 생각하는 나와 먼 훗날을 계획하는 내가, 게으른 나와 부지런한 내가 쉼 없이 충돌한다. 그리고 여러 자아들의 혼란스러운 대결을 거쳐 선택은 내려진다. 나라는 존재는 결국 이런 선택들이 모여서 이뤄진다. 영어로 표현하자면 "I am what I've chosen". 내 선택이 바로 나이다.

문제는 우리가 항상 좋은 선택을 하지는 못한다는 것이다. 종종 유혹 앞에서 무력하고, 충동적인 내가 이성적인 나를 거뜬히 이긴다. 내 선택에 끔찍한 후회가 들 때마다, 그걸 결정했던 당시의 나를 원망한다. '그때의 나는 도대체 무슨 정신으로 이런 짓을 벌인 걸까?' 자책하고 자책하다 종국에는 이런 문제적인 나를 하나둘씩 거세해나갈 수 있다면, 그래서 가장 선하고 성실한 나만 남겨둘 수 있다면 얼마나 좋을까 하는 상상에까지 이른다.

하지만 나는 진정으로 그런 나를 원할까? 그렇게 지고지순해진 나는 만족할 수 있을까? 치열한 내면의 갈등 없이 이루어진 성취가 얼마나 보람 있을까?

이는 '유혹이나 일탈이 없으면 인생이 재미없을 것 같다'는 차원의 문제가 아니라, 우리 존재의 본질에 관한 문제다. 우리는 단지 무언가를 이루었기 때문이 아니라, 내면의 무수한 갈등과 유혹을 다스려가며 한 걸음 한 걸음 나아갔기 때문에 진정 가치 있다.

그런 점에서 내 안의 '나쁜 자아'들은 죽이고 없애버리고 부정해야 할 그 무엇이 아니라, 잘 달래가면서 함께 가야 할 존재인 것이다. 굳이 비유하자면, 나는 여러 모습의 나를 조화시키는 합창단의 지휘자다. 모두의 개성을 죽여 단 하나의 목소리만 울려퍼지게 하는 것이 아니라, 각자의 개성을 살려 원숙한 화음을 만들어내는 능숙한 지휘자 말이다. 상황에 따라 좋거나 나쁘거나 때론 괴팍하고 소심한 여러 자아들이 하나의 아름다운 상태를 향해 조화로운 화음을 만들도록 이끌어나가는 것이 나의 역할이다.

군대에 복무할 때 실습을 받았던 소대장이 생각난다. 30명 남짓한 소대원 중에 유난히 게으르고 말 안 듣고 불평불만 많은 병사가 하나 있어 부대 전체의 골칫거리였다. 내가 저런 친구는 다른 부대로 전출 갔으면 좋겠다고 푸념했더니 소대장은 이렇게 대답했다.

"말 좀 안 듣는다고 자기 부하를 다 내보내면, 소대장이 왜 필요한가요? 제대하기 전까지 저 친구를 최고의 병사로 만들기는 어렵겠지만, 그럼에도 불구하고 우리 소대를 최고로 만드는 것은 불가능하지 않을 것 같습니다. 저와 나머지 친구들이 저 녀석을 잘 다독여 데리고 갈 테니까요."

큰 깨달음을 얻었다. 리더란 문제인물을 제거하는 자가 아니라, 다양한 특성을 가진 사람들을 조화시켜 전체를 좀더 나은 상태로 만들어가는 인물이라는 것을 나는 그때 배웠다. 지금은 그 소대장의 이름도 잊었지만, 아마도 지금쯤은 훌륭한 지휘관이 되어 있으리라고 믿는다.

그렇다. 나는 나라는 부대의 소대장이다. 게으른 나, 이기적인 나, 나쁜 버릇을 버리지 못하는 나를 잘 설득시켜서, 내 인생을 최선의 상태로 이끌어가는 리더 말이다. 사실 나 한 사람을 지도하는 것이 수십수백 명이 모여 있는 한 부대를 지도하는 것보다 쉽지 않다. 스스로의 행동과 판단에서 한 걸음 떨어져 객관적으로 자기 자신을 보기란 매우 어려운 일이기 때문이다.

전 세계의 모든 걸출한 무용수들을 길러낸 세계 최고의 스승이 있다. 누구인지 아는가? 거울이다. 긴 삶의 과정에서 꾸준히 성장하고 최선의 내가 되기 위해 지금의 다양한 '나'를 지휘할 단 하나의 존재는 바로 '나를 지켜보는 나'다. 그러므로 삶의 고비마다 자신의 변화무쌍한 모습들을 거울에 비춰보듯 냉철하게 직시하는 연습이 필요하다.

인생은 결국 자기 자신만이 유일한 관객인 연극이니까.

전 세계의 모든 걸출한 무용수들을 길러낸,
세계 최고의 스승이 있다.
누구인지 아는가?
거울이다.
긴 삶의 과정에서 꾸준히 성장하고
최선의 내가 되기 위해
지금의 다양한 '나'를 지휘할 단 하나의 존재는
바로 '나를 지켜보는 나'다.
그러므로 삶의 고비마다
자신의 변화무쌍한 모습들을 거울에 비춰보듯
냉철하게 직시하는 연습이 필요하다.
인생은 결국
자기 자신만이 유일한 관객인 연극이니까.

아이라기엔 성숙하고
어른이라기엔 순수한,
이 빌어먹을 모순덩어리,
나는 누구인가?

**세상에 편입되지 못한
괴짜들의 나침반 『데미안』**

세상에서 가장 어려운 질문, 나를 가장 괴롭혔던 질문, 아마도 지금 당신을 가장 괴롭히고 있을 질문······

"나는 누구인가?"

KBS에서 1999년부터 시즌을 거듭하며 계속되고 있는 드라마 〈학교 2015〉 부제가 '후아유Who are you?' '너는 누구인가?'이다. 1990년대 중반 일본 청춘을 들끓게 했던 애니메이션 〈신세기 에반게리온〉의 한 장면도 기억난다. 거기서 주인공 이카리 신지는 외계의 괴물 '사도'와 싸우다 말고 스스로에게 거듭 묻는다. "나는 누구인가私はだれ?"

그리스 신화에서 인간이 답해야 했던 최초의 질문이 있다. 괴물 스핑크스는 지나가는 사람들에게 "아침에는 네 발, 점심에는 두 발, 저녁에는 세 발인 것이 무엇이냐?"고 묻고 답하지 못하면 전부 죽였다. 이 질문의 답은 알다시피 '인간'. 재미있지 않은가. 인간이 풀어야 했던 첫 질문의 답이 바로 인간이었다. '네 자신이 누구인지' 알지 못하면 죽어도 싸다는 것이 스핑크스의 생각이었을까. 이 문제는 결국 오이디푸스가 풀었다. 그는 누구인가? 아버지를 죽이고 어머니와 결혼하는 비극적 운명을 살아야 했던, 원죄로 가득한 인간의 전형이다. 후일 프로이트가 '오이디푸스 컴플렉스'라는 용어를 만들 정도였다.

'나는 누구인가?'는 인간이 품은 가장 근원적인 질문이다.

특히 성장의 아픔을 피할 수 없는 청소년기에 폭발하듯 터져나온다. 그것은 아마도 두 세계가 충돌하기 때문일 것이다. 미성년의 세계와 성년의 세계, 가정 안의 세계와 밖의 세계, 소망하는 세계와 실존하는 세계, 밝고 긍정적인 세계와 어둡고 부정적인 세계……

청소년기는 애벌레가 나비로 변하듯 '탈바꿈'을 하는 시기다. 유충을 둘러싸고 있던 '어린이 세계'의 고치를 찢고 세상으로 나와야 하는 시기인 것이다. 필연적으로 자신의 세계를 부정해야 새로운 세계를 만날 수 있다. '자기부정'이 숙명인 순간인 것이다.

그래서인지 아이가 어른이 되어가는 접경에서 겪는 고통과 번민의 교과서라고 할 만한 헤르만 헤세의 『데미안』에는 '세계'라는 말이 자주 나온다. 소설의 첫번째 장 제목도 '두 세계'이다. 청소년기가 힘든 것은 이 두 세계의 어디에서도 중심에 속하지 못하고 주변을 서성여야 한다는 사실 때문이다. 이 변경성邊境性의 아픔을 『데미안』은 날카롭게 짚어주고 부드럽게 공감한다.

싱클레어는 고독한 소년이었다.

애들은 처음에 나를 놀리다가 곧 내게서 떨어지더니 나를 말수가 적은 애, 불쾌한 괴짜로 여겼다. 나는 그게 마음에 들어 짐짓 과장을 섞어서 그런 역할을 하면서, 겉으로는 늘 세계에 대한 가장 남자다운 경멸로 보이는 고독 속으로 숨어들었다. 그러나 마음을 갉아먹는 우수와 절망의 발작에 남몰래 자주 시달렸다.[16]

이 대목에서 학창 시절의 내가 떠올랐다. 아, 그 불안하게 떨리던 연약한 자아의 위악적인 발작! 책을 펼쳐든 동안, 나는 그리고 당신은 싱클레어다.

책 전체를 거칠게 요약하면, 『데미안』은 '밝은 세계'에서 나와 처음 '어두운 세계'를 경험하며 혼란스러워하던 싱클레어가 데미안을 만나고 깨달음을 얻어나가는 성장담이다. 싱클레어의 성장은 단지 '어른의 세계'로 편입되는 것이 아니다. '진짜 나$^{true\ self}$'를 찾아가는 과정이다. 그렇다면 진짜 나란 어떤 존재일까?

　인간은 누구나 저 자신일 뿐만 아니라 세상의 현상들이 교차하는 지점, 단 한 번뿐이고 아주 특별한, 어떤 경우에도 중요하고 특이한 한 지점이다. 단 한 번만 그렇게 존재하는, 두 번 다시는 없는 지점이다. 그래서 각자의 이야기는 소중하고 영원하고 거룩하며, 그래서 어쨌든 아직 살아서 자연의 의지를 충족시키는 인간은 누구라도 극히 주목할 만한 경이로운 존재인 것이다.

그렇다. 아무리 형편없이 불쾌한 괴짜였어도, 나는 단연코 주목할 만한 경이로운 존재였다.

그대여,
소년의 세계에서 갓 빠져나오기는 했으나, 미처 성인의 세계로는 들어가지 못한 채 어정쩡하게 서성일 수밖에 없는 그대여,
잊지 말라.
그대는 가슴에 "소중하고 영원하고 거룩"한 이야기를 품고 있다.
이제 그 이야기를 꺼내 우리에게 들려달라.

『데미안』을 읽은 사람이라면 누구나 '아프락사스'를 잊지 못한다. 만약 이 책에서 딱 한 번만 밑줄을 그어야 한다면, 열에 아홉은 아래 문장을 선택할 것이다.

새는 힘겹게 투쟁하여 알에서 나온다. 알은 세계다. 태어나려는 자는 한 세계를 깨뜨려야 한다. 새는 신에게로 날아간다. 그 신의 이름은 아프락사스다.

몇 번을 읽어도 멋진 문장이다. 하지만 최근에 『데미안』을 다시 읽었을 때 내 눈에 들어온 문장은 바로 이것이었다. 데미안의 어머니인 에바 부인의 조언이다.

"누구나 자신의 꿈을 찾아내야죠. 그러면 길이 쉬워져요. 하지만 언제까지나 지속되는 꿈은 없어요. 지난 꿈을 밀어내고 새로운 꿈이 나타나죠. 그 어떤 꿈도 꼭 붙잡으려 해서는 안 돼요."

지금 우리 사회를 '청년들에게 꿈을 주지 못하는 사회'라고들 한다. 그러면서도 네 꿈이 뭐냐고 물었을 때 자신 있게 대답하지 못하면, 어른들은 입모양이 찌그러지면서 한마디씩 한다.

"젊은이가 꿈이 있어야지."

꿈, 꿈, 꿈! 그놈의 꿈이 문제다.

여기 서로 다른 두 젊은이가 있다. "제 꿈은 훌륭한 요리사가 되는 것입니다" 하고 어린 나이임에도 분명한 목표를 당당히 말하는 친구가 있는 반면, "말씀드리기 창피하지만, 저는 아직도 제 꿈이 뭔지 잘 모르겠습니다" 하며 부끄러워하는 우유부단한 친구도 있다. 나는 전작前作에서 꿈이 확고한 친구를 '화살파', 확실하지 않은 친구를 '종이배파'라고 부르기도 했다.

꿈을 향해 매진하는 청춘의 확신이 물론 나쁜 것은 아니지만, 그렇다고 모두가 절대 변치 않는 확고한 꿈을 가져야만 하는 것은 아니다. 살아갈수록 자신의 경험이 변하고 사회도 변하니 꿈도 함께 움직여야 하는데, 지나치게 강박적으로 어릴 때의 꿈을 고수하는 것은 자칫 스스로에게 날개가 아니라 족쇄가 될 수 있기 때문이다.

그런 점에서 에바 부인의 조언은 현명하다. 꿈이 있는 것은 좋다. 이 고단한 길을 걸어야만 하는 이유를 알려주니까. 하지만 꿈이란 영원하지 않으며, 자신이 성장함에 따라 새로운 꿈이 계속 그자리를 채워갈 수 있도록 해야 한다. 인생은 화살처럼 목표를 향해 날아가는 것도, 종이배처럼 이리저리 흔들려 자신도 모르는 목적지에 도착하는 것도 아니다. 오히려 굽이굽이 이어진 등산로의 계단을 차근차근 오르는 것과 같다. 한 계단 한 계단 오를 때마다 높이가 바뀌고 아래에서는 보지 못했던 풍경이 나타나며 돌아나가는 계단 말이다. 지금 여기에서는 저 위로 보이는 더 높은 계단에만 닿으면 곧 끝을 볼 것 같지만, 그 자리에 가보면 다시 새로운 계단들이 보인다. 아득하고 막막하지만, 그래서 재미있다.

다시 처음의 질문으로 돌아가보자. '나는 누구인가?'

아마 길 가는 사람들에게 '너는 누구냐?' 하고 물으면 '내가 나지, 누구긴 뭐' 하고 대답하는 사람이 많을 것이다. 귀찮아서 겨우 내미는 평범한 대답처럼 들릴지 몰라도, 가장 핵심적인 대답이 아닐까 생각한다.

그렇다. 나는 나인 것이다. 다른 누구와도 다른, 나만의 개성을 가진 존재로서의 나 말이다. 우리가 어른이 되고 성장해나간다는 것은 돈을 벌고 지위를 얻는 일이 아니라, 바로 그 '진짜 나'를 찾아가는 과정이 아닐까?

우리 각자에게 주어진 진정한 소명이란 오직 자기 자신에게로 가는 것, 그것뿐이다.

　이 책은 '자기 자신에게로 떠나는 소명의 여정'에서 이정표로 삼
을 만한 현명한 통찰로 가득하다. 내가 여기 인용한 몇몇 문장들보
다 훨씬 더 빛나는 당신만의 보석 같은 깨달음을 찾아내기 바란다.
『데미안』은 따뜻하지만 미숙한 유년의 알을 깨고, '진짜 나'를 찾
기 위해 새로운 세계 앞에 서 있는 당신이 가질 수 있는 최고의 나
침반이므로.

인생은 화살처럼 목표를 향해 날아가는 것도,
종이배처럼 이리저리 흔들려
자신도 모르는 목적지에 도착하는 것도 아니다.
오히려 굽이굽이 이어진 등산로의 계단을
차근차근 오르는 것과 같다.
한 계단 한 계단 오를 때마다 높이가 바뀌고
아래에서는 보지 못했던 풍경이 나타나며
돌아나가는 계단 말이다.

아득하고 막막하지만, 그래서 재미있다.

생이 끝나는 날, 나는 어떤 표정을 짓고 있을까

메멘토 모리

내 아버지는 쉰다섯에 돌아가셨고 나는 지금 쉰둘이므로, 만일 꼭 아버지만큼 산다면 나는 3년 후에 죽을 것이다.

이렇게 말하면 주변 사람들은 농담으로라도 그런 소리 하지 말라고 화들짝 놀라지만, 화병花瓶에 만발했던 꽃이 물 떨어지자 갑자기 시들듯 그렇게 건강했던 아버지를 한순간에 암으로 여읜 내 입장에서는 그저 짓궂은 농담으로 하는 말은 아니다. 나는 아버지와의 이른 이별을 통해 죽음 앞의 겸허를 일찍 배웠다.

나는 언제라도 죽을 수 있다. 그 시점을 정확히 모를 뿐.

나는 몇 살에 죽을까? 생각해보니 참 궁금하다. 건강하게 사는 것보다, 오래 사는 것보다, 내가 더 바라는 것이 있다면 그것은 '언제 죽을지 정확히 아는 것'이다. 물론 이것이 불가능한 소망인 것은 잘 안다. 더 건강하게 혹은 더 오래 사는 것은 노력하면 어느 정도는 실현할 수도 있다. 하지만 언제 죽을지 정확히 아는 것은 불가능하다.

그 불가능성을 알면서도 내 부고일을 미리 알고 싶은 것은 여생을 허비하고 싶지 않다는 욕심 때문이다. 만일 정말로 내 아버지처럼 앞으로 3년 후에 죽기로 예정되어 있는데, 그것을 미리 알고 있다면 지금의 내 삶은 확연히 달라질 것이다. 얼마 남지 않은 소중한 시간을 알차게 쓰고 싶다.

스티브 잡스를 생각한다. 그에 관한 전설 같은 에피소드들이야 워낙 많지만, 스티브 잡스에 대한 나의 개인적인 인상은 '아이폰'이 처음 나왔을 때의 어리둥절함으로 남아 있다. 아이폰을 보고 사람들은 열광했지만 나는 고개를 갸우뚱했다. 특히 그 출시 시점을 납득할 수 없었다.

음악을 좋아했다. 학생 때는 '워크맨'을 달고 살았고, 이후 휴대용 CD플레이어나 MD플레이어처럼 새로 나오는 음악감상 기기는 전부 써봐야 직성이 풀렸다. 특히 '아이팟'이라는 MP3플레이어를 처음 접했을 때의 놀라움은 대단했다. 테이프도 CD도 필요 없는, 훨씬 더 작고 가벼운 플레이어! 내게는 그야말로 '꿈의 기계'였다. 이후 셔플, 클래식 등 다양한 아이팟이 세대를 바꿔가며 계속 등장했는데, '와우!'의 연속이었다. 그중에 나를 정말 놀라게 한 것은 '아이팟 터치'다. 이건 화면이 있는 아이팟인데 단지 음악만을 재생하는 기계가 아니었다. '어플'을 통해 여러 가지 기능을 수행할 수 있었고, 무엇보다 그 이름처럼 손가락의 '터치'만으로 모든 조작이 가능했다. 세상에 이런 기계는 없었다!

소비트렌드를 전공하는 나는 여러 전자회사와 함께 '트렌드지향적인 신제품'을 연구하고 개발한다. 그래서 단순한 사용자가 아니라 나름 전문가의 의견으로 단언할 수 있었다. 나는 아이팟 터치를 처음 본 순간 앞으로도 오랫동안 '애플'을 먹여살릴 '역대급' 상품이 될 것임을 예감했다.

하지만 그 '전문가적 예감'은 빗나갔다. 다들 아는 바와 같이 '아이폰'이 등장하면서 아이팟 터치는 금세 유명무실해졌기 때문이었다. 물론 아이폰이 처음 발표됐을 때 그것이 아이팟 터치보다 훨씬 더 혁명적으로 세상을 바꿀 제품이 되리라는 점은 분명해 보였지만, 나는 그것이 발표된 '시점'에는 전혀 동의하기 어려웠다. 너무 일찍 등장한 아이폰 때문에 아이팟 터치가 완전히 죽어버릴 것이 불 보듯 뻔했다. 이런 경우를 '시장의 자기잠식cannibalization'이라고 한다. 신제품이 자사의 기존 시장을 잠식해버리는 현상을 말한다. 대부분의 기업이 이를 꺼린다. 다른 경영자였다면 당분간은 아이팟 터치를 주력상품으로 키우고 그것이 어느 정도 포화점에 이를 때를 기다려 아이폰을 내놓았을 것이다. 이는 장기적으로 회사의 이윤을 극대화시킨다. 그런데 스티브 잡스는 왜 저렇게 서두를까, 나는 의문이 들었다. 좋게 표현하면 '자기혁신'의 모범사례이지만 일면 '전략의 부재'로 느껴지기도 했다.

나중에 스티브 잡스가 췌장암을 앓고 있다는 보도를 접하고 나서야, 애플이 아이폰 출시를 서둘렀던 이유를 알게 됐다. 장기적인 이윤의 극대화를 한가하게 기다릴 시간이 없었던 것이다. 그제야 "돈을 위해서 일하지 말라. 잠자리에 들면서 놀랄 만한 일을 했다는 자부심을 갖는 게 중요하다" "죽음은 최고의 발명품이다"라는 그의 말이 어떤 의미인지를 정확히 알게 됐다. 스티브 잡스는 자신의 죽음을 어느 정도 구체적으로 예견했고, 자기에게 남은 시간을 가장 중요한 일에 집중했던 것이다.

물론 내가 스티브 잡스 같은 천재도 아니고 죽음을 예견한다 해도 아이폰처럼 위대한 작품을 만들어낼 리는 없다. 그래도 내가 곧 죽을 것이라는 사실을 분명히 안다면 적어도 관성에 젖은 평범한 일상을 계속하는 것이 아니라 내 인생의 가장 소중한 과업에 집중할 것이다. 하지만 내가 꽤 오래 살 것임을 안다면 얘기는 많이 달라질 것이다. 단기간에 불꽃처럼 집중하기보다는, 인생 후반부의 목표를 신중히 세우고 그것을 위해 좀더 차근차근 준비해나가고 싶다. 그래서 나는 궁금한 것이다. 내가 대체 언제 죽을지가.

다시 처음으로 돌아온다. 나는 몇 살에 죽을까?

일단은 아버지나 스티브 잡스처럼 금방 죽게 된다면 무엇을 해야 할까, 하는 상념이 머리에서 떠나지 않는다. 정말로 3년 정도밖에 살 수 없다면, 나는 남은 시간 동안 무엇을 해야 할까?

시간이 없다. 서둘러야 한다. 갑자기 마음이 급해진다. 일단 아버지가 돌아가시고 어머니와 내가 대신 수습해야 했던 황망한 일들을 아내나 아이들이 떠맡지 않도록 주변 정리를 마쳐놓아야 할 것 같다. 가족과 사랑하는 사람들과 더 많은 시간을 보내야 할 것 같다. 여기저기 마음의 빚을 진 분들께 감사와 보답의 인사도 해야 한다. 시간을 만들어 여행도 가고 그동안 꿈꿔왔던 일들을 서둘러 경험해보고 싶기도 하다.

요즘 '버킷리스트'라는 말이 유행이다. 영화 제목처럼 '죽기 전에 꼭 하고 싶은 것들'이라는 뜻인데 보통 10가지, 혹은 100가지를 적는다. 나의 버킷리스트를 써본 적은 없다. 하지만 내 사망의 시점이 확실하게 다가왔다면 이제는 버킷리스트를 적어야 할 때다. 무엇일까, 나의 버킷리스트는······

일단 1번이 무엇인지는 분명하게 안다. 항상 같았으니까. '좋은 글을 쓰는 것.' 2번이 뭘까를 고민하다가 이내 결론에 다다랐다. 2번은 필요 없다고. 건강에 자신이 있다면, 열 개 혹은 백 개의 버킷리스트를 은퇴 후 하나씩 차근차근 지워나가면 될 테지만, 시간이 없다면 '1번'에만 집중하는 것이 현명할 것이다. 스티브 잡스가 그랬던 것처럼 말이다.

할 일은 분명해졌다. 나의 버킷리스트 1번, 좋은 글을 남기고, 그러고 나서 죽고 싶다. 그동안 책을 여러 권 냈으니, 그건 이미 해본 일이 아니냐고 할지도 모르겠다. 하지만 나는 정말 좋은 글을 아직 쓰지 못했다.

생이 허락한 날이 많지 않다면 나는 남은 기간 내내 쓰다가 죽고 싶다. 내 컴퓨터에는 '집필 예정'이라는 폴더가 있는데, 그 안에는 다시 여러 개의 작은 폴더들이 있다. 나는 특정 주제의 책을 쓰기로 결정한 후 거기에 집중해 그 책을 끝내고 다음 책을 시작하는 식이 아니라, 쓰고 싶은 이야기가 떠오를 때마다 폴더를 만들어 이런저런 글들을 써두었다가 꼴이 어느 정도 갖춰진 것부터 책으로 완성한다. 그래서 '집필 예정' 폴더에는 되다 만 원고들 여럿이 미숙한 태아처럼 자라고 있다. 내게 허락된 시간이 많지 않다면, 그 미숙아들을 제대로 키워 빨리 세상에 내놓고 싶다. 혹시 모르지 않는가, 그중에 마음에 드는 좋은 글이 하나쯤 나올지도.

버킷리스트 2번 이후를 포기하는 것은 물론이고, 그동안 해오던 일상도 '정말 중요한 그 하나의 일'을 위해 희생해야 할 것이다. 여행처럼 시간이 많이 드는 일이나 TV나 스마트폰처럼 일상의 시간 도둑들을 멀리해, 일단 삶의 여백을 확보하고 그 시간에 오직 읽고 생각하고 쓰는 일에 집중하고 싶다. 특히 직장은 바로 그만둬야 하지 않을까? 내 입장에서는 글쓸 시간을 최대한 확보해야 하고, 학생들 입장에서도 자기 글 쓰는 데 몰두하는 쇠약한 선생이 달갑지는 않을 것이다.

이렇게 적다보니 제법 비장해진다. 나는 정말, 할 수 있을까?

희망컨대, 아니 통계를 통해 일반적으로 판단하건대, 3년 안에 죽지는 않을 거라고 예상하는 것이 합리적이다. 그럼에도 이런 극단적인 상황을 가정해본 것은 나에게 진정으로 중요한 일이 무엇인지를 분명히 하고 싶었기 때문이다. 그리고 얼마를 살든 거기에 더 집중하고 싶었기 때문이다. 스티브 잡스의 말대로 '죽음은 삶을 분명하게 해준다'니 말이다. 만약 내가 3년이 아니라, 10년 혹은 30년을 더 산다고 한다면, 내게 가장 중요한 버킷리스트 1번이 달라질까? 결국 핵심은 얼마만큼의 기간을 살든, 그 1번에 더 집중해야 한다는 사실이 아닐까?

3년 후 죽음이 예정돼 있다면, 당신은 무엇에 집중할 것인가?

메멘토 모리Memento Mori. 네 죽음을 기억하라. 비록 그것이 언제가 되든, 가장 작은 후회가 남을 수 있도록.

일상의 시간도둑들을 멀리해,
일단 삶의 여백을 확보하고
그 시간에 오직
읽고 생각하고 쓰는 일에 집중하고 싶다.

3년 후 죽음이 예정돼 있다면,
당신은 무엇에 집중할 것인가?
메멘토 모리 Memento Mori. 네 죽음을 기억하라.
비록 그것이 언제가 되든,
가장 작은 후회가 남을 수 있도록.

2부

좋은 방황, 비로소 내가 되는 시간

걸어도 걸어도
자꾸만 제자리로 돌아오는
윤형방황자들에게

"안녕하세요오~"

생기발랄한 여고생 여섯 명이 어두침침한 내 연구실 문을 연다. 이중 한 명은 오랜 친구의 딸이다. 학교 교지에 내 인터뷰를 싣겠다고 찾아왔다. 인터뷰는 대개 절대 사양이지만, 젖먹이 때 마지막으로 본 그 녀석이 얼마나 컸는지 궁금하기도 해서 오랜만에 똘망똘망한 인터뷰어들과 마주앉았다.

먼저 한 학생이 적어온 질문을 또박또박 읽는다.

"선생님의 좌우명은 무엇입니까?"

좌우명? 첫 문제부터 막힌다. 내 좌우명이 뭐였지? 일단 다음 질문부터 대답하겠다고 넘어가고 나머지 질문에 답하다가 결국 첫 질문은 흐지부지돼버렸지만 아이들이 돌아간 이후에도 오랫동안 그 질문이 머리에 남았다. 아, 좌우명을 하나 정해야겠구나. 하루종일 고민하다가, 드디어 마음에 드는 한마디를 생각해냈다.

"Better me tomorrow."

'내일은 조금 더 나은 내가 되자'는 뜻이다.

강연하거나 상담을 할 때, 내가 가장 강조하는 주제어를 단 하나만 뽑는다면, 단연 '성장'이다. 나는 세상에서 '성장'이 가장 중요하고 또 재미있다고 생각한다. 위를 향해 천천히 조금씩 오르다가 어느 순간 돌아섰을 때 꼭대기에 다다른 자신을 발견하는 쾌감이란! 등산가들이 케이블카를 경멸하는 기분이 그런 것이리라. 스피노자도 "행복이란 자신이 과거보다 더 완전해졌다는 느낌"이라고 말했다. 성장은 궁극의 쾌감이다. 다른 책들에서도 누차 이야기해왔지만, 한번 더 성장을 얘기해보자. 성장이라는 주제는 그럴 가치가 있다.

진로를 고민하는 친구들에게 내가 가장 많이 해주는 조언은 '에스컬레이터를 찾아 헤매지 말라'는 것이다. 에스컬레이터는 참 편리한 도구다. 발을 들여놓기만 하면 가만히 서 있어도 저 높은 목적지까지 우리를 데려다준다. 그래서 출퇴근시간 지하철역마다 에스컬레이터 입구는 순서를 기다리는 사람들로 꽉 차 있다.

어찌 에스컬레이터 앞뿐이랴. 얼마 전 3천여 명을 선발하는 9급

공무원 시험이 열렸는데 응시자가 대략 20만 명이었다고 한다. 민간기업인 삼성그룹에 입사하기 위한 직무적성검사 시험에도 20만 명이 응시했다. 지하철역에서만이 아니라 직업을 찾는 데도 '에스컬레이터' 앞이 붐비다못해 터져나갈 지경이다. 경쟁이 치열해서 그렇지, 일단 발만 올려놓으면 나를 저 높은 곳에 데려다줄 '인생의 에스컬레이터' 앞에 청춘들이 막막하게 줄을 서 있다.

하지만 인생에 에스컬레이터는 없다.

자동으로 나를 행복과 성공으로까지 데려다줄 것으로 믿었던 조직이나 자격증들은 아주 쉽게 그 기대를 배반한다. 안정된 생활이 보장되리라고 믿었던 여러 울타리 안에서도 경쟁은 극도로 치열하다. 설령 에스컬레이터 비슷한 것이 존재한다고 해도, 대부분 삶의 중간에서 멈춰버린다. 요즘엔 정년 이후에도 20~30년의 인생을 더 살아야 하기 때문이다. 시시각각 변하는 트렌드는 기존의 성취를 처음부터 리셋reset하라고 요구한다. 탄탄한 보장이라고 믿었던 에스컬레이터들이 오히려 우리의 성공적인 변신을 방해하는 장애물이 된다.

그렇다면 에스컬레이터 앞에 늘어선 인파에서 빠져나와 어디로 가야 할까. 스스로 발을 내딛는 만큼 우리를 올려다주는 계단으로 가야 한다. 세간의 존경을 받는 사람들은 청년 때 일찌감치 자격증을 따고 그에 안주했던 '에스컬레이터형 인재'가 아니라, 부단히 성장하고 변신했던 '계단형 인재'다.

세계적으로 유명한 슈투트가르트 발레단의 수석발레리나로 활약하다 현재 우리나라 국립발레단의 예술감독을 맡고 있는 강수진씨는 다른 친구들보다 10년 늦게 발레를 시작해서 처음엔 실력이 많이 처졌다고 한다. 그래서 그는 세계적인 일류 발레단의 입단 티켓을 위해 춤추지 않았다. 그저 내일 조금만 더 몸이 가벼워지고 아주 조금만 더 춤을 잘 출 수 있기를 바랐다.

남과 비교하며 부족한 실력을 탓하지 않고 그저 주어진 하루에 충실했다. 처음부터 '세계적인 발레단에 들어가겠다'는 목표를 잡았다면 아마 중간에 지쳐서 좌절하고 말았을 것이다. 목표를 크게 정해서 그에 도달하지 못하면 좌절하기 쉽다. 오늘 하루, 지금 이 순간에 최선을 다한다. 그날의 목표를 달성한 사람은 다음날 자신감이 생기고, 다시 도전할 힘을 얻는다.[17]

나 역시 스스로에게 다짐한다. 한 번에 뛰어오르지 말고 매일 조금씩 성장하자고. 인생이란 되도록 빨리 정상에 오른 후 그 달콤함을 오래 누리는 휴가가 아니라 끊임없는 향상의 과정이다. 그러므로 우리는 끝없이 배우고 배우고 또 배워야 한다. 그리고 그 끝없는 진전을 위해 틈날 때마다 멈춰 서서 내 위치를 짚어볼 줄 알아야 한다. 에스컬레이터를 타는 삶이 아니라 계단을 오르는 삶은, 이렇게 계속해서 돌아보고 노력하는 삶을 뜻한다.

윤형방황輪形彷徨이라는 말이 있다. 바퀴처럼 원형으로 방황한다는 말이다. 사람이 눈을 가리고 걸으면 20미터마다 4미터가량 한쪽으로 치우친다고 한다. 그래서 눈을 가린 채 오래 걸으면 결국 큰 원을 그리며 바퀴처럼 돌게 된다는 것이다. 인생도 마찬가지다. 욕망에 눈이 어두워 맹목적으로 걷다보면 결국 제자리로 돌아오는 윤형방황을 거듭하게 된다.

윤형방황을 하지 않으려면, 방법은 하나다. 어느 정도 갔다 싶으면 잠시 멈춰 서서 안대를 풀고 자기가 출발한 자리를 돌아본 후, 거기서 새로운 목표지점을 다시 정하고 걸어가는 것이다. 결국 우리의 성장은 단지 얼마나 많은 경험을 하는지가 아니라, 그 경험을 얼마나 많이 반추하는지에 달려 있다. 소가 위로 되새김질하듯이 우리는 뇌로 되새김질할 수 있어야 한다.

마르셀 프루스트는 "진정한 여행이란 새로운 땅을 찾는 것이 아니라, 새로운 눈을 찾는 것"이라고 했다. 삶도 마찬가지다. 목적지에 도달했는지가 아니라 거기까지 가면서 내가 조금 더 성장했는지의 여부가 중요하다.

삶의 목표란 한번 정하고 나면 평생 바뀌지 않는 부동의 이상理想이 아니다. 그러나 그 확고한 이상에 붙들려 새로운 일을 하지 못하게 되어버리는 사람들이 있다. 이런 함정을 프랑스 인시아드INSEAD의 아이바라 교수는 '진정성의 덫'이라고 부른다.[18] 사람들은 자신의 정체성을 하나의 이상에 가둬놓은 채, 그것과 다른 일을 하게 되면 진정한 자신이 아니라고 여기는 경향이 있다는 것이다. 그 결과 진정성을 핑계로 늘 하던 일만 고수하게 된다. 살아도 살아도 제자리로 돌아오는 윤형방황의 위험이 커지는 것이다.

'광이불요光而不耀'. 빛나되, 남을 눈부시게 하지 말 것.
욕심과 조바심은 성장의 계단을 차근차근 밟아나가는 것을 참지 못하고 단번의 도약을 가능케 할 에스컬레이터를 찾아 헤매게 한다. 타인에게 눈부시게 보이고 싶다는 욕심, 그 선망을 되도록 빨리 갖고 싶은 조바심. 우리가 이 인정욕망의 조바심을 진득한 성장의 노력으로 바꿀 수 있을 때, 진정한 성공이 가능하다. 인간이 위대해지는 순간은 목표를 달성했을 때가 아니다. 그것을 열정적으로 추구할 때이다.

우리나라는 '평등사회'라는 자조 섞인 농담을 얼마 전에 들었다. 사람들의 '평등의식'이 높다는 의미가 아니라, 아파트 몇 '평'과 성적 몇 '등'이 삶의 전부라서 그렇단다. 아파트 크기나 성적은

윤형방황輪形彷徨
바퀴처럼 원형으로 방황한다는 말이다.
사람이 눈을 가리고 걸으면
20미터마다 4미터가량
한쪽으로 치우친다고 한다.
그래서 눈을 가린 채 오래 걸으면
결국 큰 원을 그리며
바퀴처럼 돌게 된다는 것이다.
인생도 마찬가지다.
욕망에 눈이 어두워 맹목적으로 걷다보면
결국 제자리로 돌아오는
윤형방황을 거듭하게 된다.

하나의 척도일 뿐이다. 그런데 타인의 인정에 목을 매게 되면 이런 척도들이 삶의 의미를 대신한다. 그대는 무엇으로 스스로에게 의미를 부여하고 있는가? 평판? 지위? 통장 잔고인가? 꾸준히 성장해가고 있는 자기 자신인가?

'가면증후군imposter syndrome'이라는 증상이 있다. 성공했다는 평가를 받는 사람이 스스로에 대해 '나는 자격이 없는데 주변 사람들을 속여 이 자리까지 오게 됐다'고 느끼는 불안심리를 말한다. 아역배우 시절부터 연기력을 인정받아 배우로도 승승장구하고, 하버드대학교에서 심리학을 전공한데다 6개의 외국어를 구사하는 등 뛰어난 재능을 자랑하는 영화배우 내털리 포트먼이 2015년 하버드 졸업식 축사에서 "졸업한 지 12년이 지났지만 여전히 자기 가치를 확신하지 못한다"며 자신의 가면증후군을 밝혀 화제가 됐다.[19]

나는 포트먼의 연설을 보며, 바로 그 '가면증후군'이 그를 세계적인 배우이자 현명한 지성으로 키운 힘이 아니었을까 생각했다. "나는 사자가죽을 둘러쓴 당나귀일 뿐"이라는 공포가 스스로를 채근하게 만들고 결국엔 그 당나귀가 진짜 사자로 변모할 수 있었던 것이다. 이 연설에서 포트먼은 "그런 공포가 오히려 자신에게 좋은 결과로 돌아왔으니, 지식이 부족하다는 걸 받아들이고 그걸 자산으로 사용하라"고 조언했다. 이 말은 결국 '겸손한 자신감humble confidence'으로 자기만의 계단을 오르며 꾸준히 성장해나가라는 성공의 황금률을 달리 표현한 것이 아니었을까?

Better me tomorrow.

모니터 위로 도도히 흐르는 나의 좌우명을 보며 '내일은 더 나은 내가 될 것'이라고 다짐해본다. 사실 꾸준히 늘고 있다고 확신할 수 있는 건 아직 체중밖에 없다는 게 걱정이기는 하지만.

아직은
무너질 때가
아니다
인생
모래시계

속절없이 떨어져내린다. 모래가, 시간이, 인생이.

모래시계를 가만히 들여다보고 있으면 왠지 비장해진다. 빠른 속도로 쏠려내려가는 것이 그저 모래만이 아니라 내 소중한 시간이자 남은 인생이라는 생각이 들기 때문이다. 모래시계는 흘러간 시간의 덧없음과 남은 인생의 소중함을 선명하게 보여준다. 아래에는 흘러간 시간이 모이고, 위에는 흘러갈 시간이 남아 있다.

모래가 반쯤 남은 시계를 뒤집으니 상황이 역전된다. 아래칸에 모여 있던 흘러간 시간이 이제는 위칸에 남아 있는 시간으로 바뀐다. 모래시계를 돌리다가 부질없는 생각을 한다. 내 인생의 모래시계를 뒤집을 수 있다면…… 앞으로 남은 시간만큼을 한번 더 살 수만 있다면……

공상하던 끝에 실제로 셈을 해본다. 먼저 얼마나 더 살 것인지 어림해보자. 지금 나는 만 52세이고, 한국 남성의 평균수명이 80세 정도이니 아마도 28년 정도를 더 살게 될 것이다. 28년, 이것은 얼마만큼의 시간일까? 지금 내 나이에서 28을 빼면 24다. 모래시계를 뒤집듯 앞으로 남은 인생의 시간을 한번 더 살 수 있다면 나는 내 나이 스물넷에서 지금까지의 시간만큼 더 살게 될 것이다.

스물넷이면 내가 대학을 졸업한 해다. 그후 지금까지 참 많은 일이 있었다. 대학원에서 학부전공과는 다른 공부를 시작했고, 군대에 다녀와 결혼을 했으며, 두 아이와 직장을 얻었다. 물론 고시에 연달아 떨어졌고, 유학 기간과 시간강사로 일하던 시절 경제적으로 불안한 시간을 보내기도 했지만, 돌이켜보면 나는 운이 좋았다. 시련의 씨줄보다는 기회의 날줄이 더 굵었던 것 같다. 그 행운에 감사한다.

그런데 지금 거울을 보면 끔찍하다. 스물넷 이후에 내 머리칼은 듬성듬성 빠지기 시작했고 피부는 쭈글쭈글해지고 관절들은 쑤셔온다. 그래도 지난 28년 동안 나는 꾸준히 성장했다. 태어나서 스물네 살이 되기까지 육체와 정신의 기초를 다졌다면, 그 이후부터 지금까지는 나의 정체성을 만들어나가는 시간이었다. 내가 스물넷에 대학을 졸업해 회사에 들어갔다면 그 조직에 맞는 직급으로 불렸을 테고, 사업을 시작했다면 잘되었건 아니건 나름대로 자영업자의 삶을 살았을 것이다. 스물넷 이후의 28년은 그야말로 무엇이든 될 수 있었던 백지상태에서 출발해 지금의 나를 만든 시간이다. 그리고 그 세월과 정확히 같은 28년이라는 엄청난 시간이 내게 다시 남아 있다.

이 시간을 나는 어떻게 살아야 할까?

중년에 접어든 탓인지 친구들을 만나면 대화중에 '정리'라는 단어가 부쩍 자주 등장한다. 다니던 직장을 그만두고, 해오던 일을 접고, 소위 은퇴를 준비해야 하는 시간이 다가오는 탓일 게다. 은퇴 후에는 젊을 때 이루지 못했던 소위 '버킷리스트'도 채워야 하고, 소일할 취미도 가져야 한다고들 하는데, 나는 쉽게 동조할 수 없다. 남의 은퇴 후 계획을 좋다 나쁘다 평하는 게 아니라, 내 불만은 이것이다. 정리를 이야기하기에는 남아 있는 시간들이 아직 너무 길지 않은가!

요즘은 건강관리를 잘하고 현대의학의 도움을 받으면 80세 넘어까지는 왕성하게 생활할 수 있다. 평균수명으로만 계산해봐도 스물네 살부터 지금까지 살아온 시간만큼, 살아갈 시간이 남아 있는데, 그러므로 무엇이든 다시 시작해서 '새로운 자신'을 만들기에 충분한 시간이 오롯이 남아 있는데, 그저 정리만을 이야기하기에는 그 시간들이 아깝다. 더구나 앞으로 살아갈 날들은 쫓기듯이 사회에 내던져져 무수히도 시행착오를 거듭하던 초심자의 기간이 아니다. 지금껏 살아오며 쌓아온 경험과 깨달음, 역량과 인간관계를 활용할 수 있는 기간이다. 그 시간을 두고 정리만을 말하기에는, 지금까지 우리가 그것들을 쌓기 위해 고군분투한 시간이 너무 아깝다는 것이다. 무엇이든, 아무리 엉뚱한 그 무엇이든, 새로 시작할 수 있는 시간들이 지금 내 손안에 있다.

80에서, 혹은 당신의 기대수명에서 현재 당신의 나이를 빼라. 그 숫자를 당신 나이에서 다시 한번 빼라. 그 숫자가 당신의 '모래시계 나이'다. 그 모래시계 나이부터 지금의 당신 나이까지 한번 더 살 수 있다면, 이 시간을 어떻게 살고 싶은가?

지금 이 순간도 모래가 떨어지고 있다.

허비할 시간이 많지 않다.

부기

마흔이 넘지 않았거나, 인생의 절반에도 오지 않았다고 생각하는 사람은 모래시계 나이를 계산할 필요가 없다. 살아온 시간보다 살아갈 시간이 많은데 모래시계를 뒤집는 것은 의미가 없기 때문이다. 오직 '지금까지 살아온 날들보다 훨씬 더 긴 시간을 살아야 한다'는 사실만 기억하라.

80에서, 혹은 당신의 기대수명에서
현재 당신의 나이를 빼라.
그 숫자를 당신 나이에서 다시 한번 빼라.
그 숫자가 당신의 '모래시계 나이'다.
그 모래시계 나이부터 지금의 당신 나이까지
한번 더 살 수 있다면,
이 시간을 어떻게 살고 싶은가?

지금 이 순간도 모래가 떨어지고 있다.
허비할 시간이 많지 않다.

시간을
견디는 싸움
받아놓은
날짜는 결국 온다

　군복무중인 아들이 자꾸 무릎이 아파서 진료 신청을 해놓았는데 군대에선 대기 기간이 너무 길다고 불평한다. 걱정스러운 마음에 외박 나온 녀석을 데리고 정형외과에 갔다. 대기실에 앉아 있는데 내 어깨도 오래전부터 덜그럭거린 게 생각난다. 6개월 전부터 오른손으로는 멀리 있는 것을 집거나 등을 긁을 수 없었다. 그래도 생활에 큰 지장이 있는 것은 아니어서 잊고 지냈는데, 병원에 온 김에 나도 검진을 받아보기로 했다.

　"아드님보다 아버님이 문제입니다."

　MRI 사진을 이리저리 돌려보던 의사가 심각한 표정으로 말한다. 어깨를 움직이는 회전근개가 손상됐는데 달리 좋아질 방법이 없으니 수술이 최선이란다. '수술 없이 통증을 덜어드립니다'라는 광고문구가 떠올라 수술 말고는 방법이 없겠느냐고 재차 물어봤지만 의사는 꽤 단호했다. 수술해야만 좋아질 수 있다고.

"저는 운동을 많이 하는 것도 아니고 어깨에 충격을 받은 적도 없는데, 왜 이렇게 됐을까요?"

왠지 억울한 마음이 들어 자리에서 일어나며 물었더니 의사는 아주 당연하다는 듯이 이렇게 대답했다.

"노화지요. 연세 드셔서 그런 겁니다, 아버님."

아, 그놈의 아버님 소리!

받아놓은 날짜는 결국 온다

집에 돌아온 나는 마음이 복잡했다. 당장 생활하는 데 큰 지장이 없는데 재활에 9개월이나 걸린다는 수술을 꼭 받아야 할까? '그냥 이렇게 살다 죽지 뭐' 하는 생각이 자꾸만 들었지만 어차피 나중에 가래로 막을 일이라면 지금 호미로 막는 게 낫겠다 싶어 메르스 때문에 다들 병원을 피하던 시기임에도 나는 당당하게 어깨 전문 병원을 다시 찾았다. 그러고는 무슨 귀신이 씌었는지 여름방학에 수술을 받기로 호기롭게 예약까지 해버렸다.

수술 날짜가 한 달도 더 남았지만 준비가 필요할 것 같았다. 왼손만으로 젓가락질, 세수, 면도, 볼일 보기 등을 시도했지만 너무 힘들어 이내 포기했다. '막상 닥치면 하겠지, 뭐' 이런 심정이었다.

방 정리도 했다. 오랫동안 오른손을 못 쓸 테니 힘을 쓸 수 있을 때 미리 해둬야겠다는 생각이 들었다. 정리는 사람을 서글프게 한다. 쓰지 않을 물건들을 상자에 담고 있으니 왠지 슬퍼졌다. 여름에 읽을 책을 고르는 일은 즐거웠다. 두어 달 동안 외출도 삼가고 술도 마시지 못하니 내가 할 일은 읽고 쓰는 것뿐이다. 평소에는 엄두를 내지 못했지만 그동안 읽고 싶었던 책들을 골라 온라인 서점의 '구매 버튼'을 신나게 눌렀다.

사람들이 입원할 병원이 어디냐고 물으면 절대 가르쳐주지 않았다. 메르스 사태를 계기로 우리 병문안 문화의 문제가 드러나기도 했지만, 무엇보다 환자복을 입은 내 모습을 누구에게도 보여주기 싫었다. "병문안은 올 필요 없고, 혹시 내가 마취에서 깨어나지 않거든 장례식장에 문상은 꼭 와요" 하고 대답하면 사람들은 기겁했다. 농담으로라도 그런 말은 하지 말라고. 농담은 사람의 무의식을 반영한다. 전신마취를 하는 것이 두려워서 이런 농담을 했는지, 이런 농담을 던지고 보니 전신마취가 두려워진 건지 그 인과관계는 알 수 없지만, 수술 날짜가 다가오면서 두려움은 더욱 커져갔다. 수술을 취소하고 싶어 온갖 핑곗거리를 찾아보기도 했다.

그렇게 외면의 차분함 속에서 내면의 불안이 요동치는 날들이 계속되다가 드디어 입원 날짜가 왔다. 50년 넘게 살아오면서 깨달은 예외 없는 사실 하나는 '받아놓은 날짜는 결국 온다'는 것이다.

시간을 견디는 싸움을 시작했다

수술 받을 병원은 개인병원이다. 어깨수술로는 세계적인 권위를 인정받은 의사가 집도하는 곳이라고 한다. 병원 복도에 유명 야구선수들의 유니폼과 사인볼이 가득하다. 나는 대형 종합병원보다 작은 전문병원이 좋다. 운영이 관료적이지 않아 대기시간도 짧고, 좀더 차분하게 보호받는 듯한 느낌이 든다. 특히 이곳은 정형외과 중에서도 어깨와 팔꿈치만 진료하는 곳이어서, 의사선생님은 물론이고 간호사나 물리치료사에게 무엇을 질문해도 답이 척척 나왔다. 치료 기간 내내 병원에 만족했다.

병실에 들어가 환자복으로 갈아입으니 기분이 묘하다. 수술 전 마쳐야 할 검사들을 다 받고 침대에 누웠지만 실감은 나지 않는다. 아직은 추스를 만한 몸으로 병실 침상에 누워 있을 때 사람은 가장 센티멘털해진다. 번잡했던 일상과 떨어지면서 생각이 많아지고, 육체적 고통은 없이 환자의 애잔한 감상만 남는다. 수술과 전신마취에 대한 두려움보다는 인생에 대한 사색이 밀려온다.

여러 상념에도 불구하고 결국 무료해진 나는 책을 펴든다. 입원한 동안 읽으려고 손에 잡히는 대로 책을 몇 권 가져왔는데, 가방 속에서 처음 집어든 책은 아서 밀러의 『세일즈맨의 죽음』이다. 저녁까지 다 읽을 수 있도록 얇은 책을 골랐는데, 하필이면 제목에 '죽음'이 있다. 괜히 찜찜해진다. 병상 위에서는 별게 다 마음에 걸린다. 주인공이 평생을 헌신한 회사에서 한순간에 해고당하는 장면이 작금의 대한민국 현실과 겹친다.

그때 간호사가 들어오더니 팔에 정맥주사를 놓는다. 지금부터는 수액을 맞아야 한단다. 바퀴 달린 쇠막대에 매달린 링거와 내 팔목이 가느다란 비닐호스로 연결된다. 팔뚝에 바늘이 들어와 있으니 찌릿찌릿 아프기도 하거니와 드디어 내가 환자라는 실감이 난다.

주렁주렁 매달린 수액들은 내가 어디를 가든 따라다닌다. 병동 복도를 걷거나 물리치료를 받거나 화장실에 갈 때 이놈들을 조심조심 끌고 다녀야 한다. 내 몸에 들러붙어 한시도 떠나지 않으면서 병마를 이렇게 시각적으로 보여주는 확실한 물건이 또 어디 있겠는가. 어떨 때는 수액을 서너 개씩도 매단다. 진통제, 항생제, 비타민, 해열제, 영양제…… '지금부터 너는 나 없이 생존할 수 없다'고 협박하는 것 같다. 수액은 한자로, '실어나를 수輸' 자를 쓴다. 내게 필요한 성분들을 '보내주는' 액체인 것이다. 수술 후에는 금식을 하니 수분과 영양을 섭취할 길이 없고, 필요한 약물들도 전부 이 관을 통해 '실어나르니' 결국 이것이 내 탯줄이나 다름없다. 이 수액들은 나란 존재가 마치 태아처럼 무력하다는 걸 깨닫게 한다.

똑, 똑, 똑, 똑…… 참 천천히도 떨어진다. 적요한 병실에서는 할 일도 없거니와 수액이 제대로 들어가고 있는지 이따금씩 확인도 해야 하기 때문에 수액 떨어지는 모습을 하염없이 쳐다보게 된다. 천천히 떨어지는 수액방울들…… 똑, 똑, 똑, 똑…… 병마와 싸운다는 건 시간과 싸운다는 것이다. 그것도 아주 더디게 가는 시간과. 의사들이 수술하고 약을 처방해주지만 결국 회복하고 건강을 되찾는 것은 내 몸이 해야 할 일이다. 그리고 거기에는 시간이 필요하다. 약물이 퍼지는 시간, 마취에서 깨어나는 시간, 상처가 아무는 시간…… 똑똑 떨어지는 수액방울은 투병이 시간과의 싸움이라는 점을 새삼 일깨워준다. 고개를 돌려 다른 환자들을 보면 모두 시간과 씨름하고 있다. TV를 보고, 책을 읽고, 허공을 바라보고, 잠을 자며 시간을 보내보지만 병실 안의 시계는 정말 천천히 간다. 그래서 병원에서는 뭐든지 천천히 해야 한다. 식사도 천천히, 화장실도 천천히, 물리치료도 천천히. 그래야 끝내고 보면 얼추 한 시간이라도 지나 있는 것이다. 하긴 수액들 때문에 뭔가를 빨리 하기도 쉽지 않다. 이래저래 수액은 '너는 환자다'라는 사실을 명징하게 깨닫게 해준다.

그래도 한 가지 신기한 사실은 영원히 멈추지 않을 것 같던 느리디느린 수액의 낙하도 언젠가는 끝난다는 점이다. '언젠가는 끝이 난다'는 사실은 얼마나 확실한가! 버티는 동안에는 시간이 멈춰버린 듯 지겹고 또 지겹지만, 지나고 나면 견딜 만한 기간이었다는 생각이 드는 것이 참 신기하다. 이래저래 투병은 기다림이다.

이 나이에 내가 무슨 영화를 보겠다고

간호사의 발소리에 잠이 깼다. 드디어 수술날 아침이 밝았다. 내가 받을 수술은 '관절경 하회전근 개복원술', 달리 표현하면 '견봉하 감압, 앵커봉합사를 이용한 회전근 파열의 봉합'이라는 복잡한 이름의 수술이다. 오른쪽 어깨 위를 다섯 곳 정도 찢고 수술 도구를 넣은 다음 어깨뼈를 7밀리미터 정도 잘라낸다. 그리고 이두박근을 잘라서 고정시킨 후 찢어진 회전근개와 뼈 사이에 앵커(쐐기)를 안팎으로 각각 두 개씩 박아넣는 것이다. "뭐, 별거 아니에요." 의사선생님은 그렇게 말했다. 별거 아니라고 애써 스스로를 위로한다.

내가 오늘의 첫 수술 환자다. 휠체어에 앉아 수술실 문이 열리기를 기다릴 때의 긴장감이란! 들어가보니 수술실은 생각보다 작다. 마취과 선생님이 오늘 수술 받을 어깨가 오른쪽임을 확인하고 호흡기를 주며 천천히 공기를 들이마시라고 한다.

거기까지만, 기억이 난다.

눈을 뜨니 다시 병실이고 아내가 걱정스러운 표정으로 옆에 앉아 있다. 손을 내밀었다. 오랜만에 아내의 손을 잡는다. 그 와중에 '마취에서 깨어났으니 지인들이 영안실로 올 필요는 없겠다'는 생각이 들어 혼자 피식 웃었다. 간호사에게 들으니 회복실에서 깨어나 내가 했던 첫 질문은 "지금 몇시냐? 수술은 얼마 동안 진행됐느냐?"였다고 한다. 다른 환자들과 달리 수술 잘됐는지보다 시간부터 물어서 놀랐다고 했다. 내가 통제하지 못하는 시간에 대한 해명을 빨리 찾고 싶었던 것일까. 나도 정말 못 말리는 관리형 인간이다.

마취에서 깨어나는 과정도 고생스러웠다. 신체 각 기관이 제 기능을 찾지 못하니 목이 타들어가도 물 한 모금을 마실 수 없었다. 폐에 마취성분이 남아 있을지 모르니 기침을 자주 하라는데, 이게 꽤 고통스럽다. 깊은 기침을 계속하고 가래를 계속 뱉지 않으면 폐렴이 생길 수 있다고 했다. 입원중에 가장 힘들었던 것을 꼽으라면 수술의 공포도, 재활의 고통도 아닌 이 '기침 많이 하기'를 들겠다. 아픔이 몰려오는 것은 어쩔 수 없이 참는다지만, 그 아픔을 자진해서 일으키는 것은 쉽지 않다. 살을 가른 것도 아니고 관절경을 이용했으며, 시간도 두 시간 남짓이었으므로 내가 받은 수술은 비교적 간단한 것이다. 그런데도 이 정도라면 큰 수술을 받는 사람들, 나보다 더 연로하거나 쇠약한 환자들은 정말 힘들겠다는 생각을 했다. 칠순이 넘어 암수술을 받은 어머니와 장인어른 생각이 났다.
혈전이 생길까봐 다리에는 꽉 끼는 스타킹을 신고 헛기침을 계속하면서 뭔가 알 수 없는 나른함, 무력감, 불쾌감에 시달리다가 저녁에 회진 온 의사에게 투덜거렸다.
"괜히 수술했나봐요. 수술 받은 거 후회돼요. 내가 이 나이에 무슨 영화를 보겠다고 수술을 받았을까요? 살면 얼마나 더 산다고.

아이고, 아이고……"

그는 빙긋이 웃었다.

이게 끝이 아니라고?

자고 일어나니 몸 상태가 나아졌다. 마취 기운도 다 풀렸고 오른 팔의 감각도 돌아왔다. 이에 비례해 통증은 심해져서 내 몸에는 계속 진통제가 투여됐다.

식사가 나왔다. 밥에, 국에, 나물에, 장조림과 생선구이, 평소 먹던 그대로다. 눈물나도록 반갑다. '밥아, 너 본 지 오래로구나!' 한 술 뜨려는 순간, 오른손을 쓸 수가 없다. 포크를 얻어 겨우 반찬을 찍었지만 밥이나 국은 제대로 입에 들어오지 않는다. '연습 좀 해둘걸.'

몸이 아프면 아무것도 아닌 보통의 일상이 참 고마워진다. 손으로 수저를 놀려서 밥 먹는 일, 욕실에 들어가 손 씻고 세수하고 머리 감는 일, 화장실에서 용변 보는 일, 하다못해 엄지발가락을 까닥거리는 일조차 그렇게 소중할 수가 없다. 독일의 과학자 헬무트 발터는 "건강이란 질병이 휴가중인 상태"라고 말했다. 몸이 아프지 않은 것만으로도 정녕 감사할 축복이다. 우리가 당연히 누리고 있는 이 평범한 일상도 누군가에게는 갈망의 대상이다.

병원 창밖에서 사람들이 떠드는 소리가 들려온다. 텔레비전에서는 국정원이 해킹프로그램을 구매했고, 정치인들이 또 싸우고 갈라서고 있다는 긴급하지 않은 긴급뉴스를 전한다. 그리스는 여전히 재정이 불안하고, 이라크는 핵을 포기했는데 북한은 요지부동이란다. 그런데 몸이 아프니 병원 밖의 모든 게 나와 상관없는 일로 느껴진다. 절연감이 밀려든다. 사랑하는 사람들, 즐기던 취미들, 처리할 일들로부터 완전히 멀어진 느낌, 세상과 동떨어진 느낌이 들기 시작한다.

휴대폰을 열어보니 대학 선배가 오랜만에 같이 운동하자고 문자를 보냈다. 반가운 마음에 통화 버튼을 눌렀다. 어깨수술을 받아 입원해서 당분간 운동도 술자리도 어림없다고 했더니 의외의 답이 돌아온다.

"어깨수술? 나도 몇 년 전에 받았는데 수술은 아무것도 아니야. 재활이 정말 힘들어. 너무너무 아파."

너무너무 아파…… 전화를 끊고 나서도 그 말 한마디가 귓전에서 맴돈다. 절연감이고 뭐고 그런 우아한 고민은 쓸려나가고 가장 원초적인 걱정이 밀려온다. 수술은 아무것도 아닐 만큼 아프다고? 이를 어쩌지?

저녁식사가 오기를 기다리고 있는데 갈색 가운을 입은 간호사가 들어온다.

"김난도님? 재활치료 받으러 지금 나가실까요?"

알고 보니 그는 간호사가 아니라 물리치료사였다.

독일의 과학자 헬무트 발터는
"건강이란 질병이 휴가중인 상태"라고 말했다.
몸이 아프지 않은 것만으로도
정녕 감사할 축복이다.
우리가 당연히 누리고 있는
이 평범한 일상도
누군가에게는 갈망의 대상이다.

"재활치료라뇨? 그건 퇴원하고 회복 후에 받는 거 아닌가요? 저는 어제 수술 받았어요. 뭔가 착오가……"

"아녜요, 맞아요. 오늘부터 받는 겁니다."

그는 이런 질문을 자주 받아왔는지 빙그레 웃기만 한다.

얼떨결에 끌려나가 기구 앞에 앉았다. 양손으로 도르래를 잡고 왼손을 아래로 당기면 수술 받은 오른팔이 위로 딸려올라가게 되어 있다. 천천히 왼손을 당기니 오른팔이 위로 올라가기 시작하는데…… 아악, 아프다! 이런 고통은 처음이다. "아파요, 아파요"를 연발하는 내 앞에서 물리치료사는 단호하다.

"그래도 참고 끝까지 올려보세요. 좀더, 좀더."

드디어 오른팔이 끝까지 올라갔을 때, 나는 절정을 맛보았다. 쾌락의 절정이었다면 얼마나 좋았을까만, 정말이지 통증의 절정이었다. 천천히 팔이 내려올 때도 똑같은 동통이 몰려왔다. 겨우 한 번 마쳤을 때, 물리치료사는 또박또박 말한다.

"잘하셨어요. 이렇게 스무 번을 하면 되는 거예요. 이제 열아홉 번 남았네요. 조금 쉬었다가 다시 해볼게요."

이걸 스무 번? 잔인한 말을 그는 쉽게도 한다.

"이거 꼭 해야 하나요? 안 하면 안 돼요?"

"지금부터 재활운동을 하지 않으면 나중에 훨씬 더 고생해요. 지금 한 도르래 운동을 앞으로 6주 동안 하루에 네 번씩 꾸준히 할 거예요. 그후로 8주간은 '봉 운동'과 '고무줄 운동'을 하고요. 자,

다시 한번 올려볼게요. 왼팔을 천천히 당기세요."

맙소사, 나는 망했다! 한 번도 힘든데 그걸 스무 번씩 하루에 네 번! 그것도 6주간이나! 게다가 그게 끝이 아니란다. 절규를 내뱉으며 겨우 도르래 운동을 마치자 얼얼한 어깨 위로 얼음주머니가 올라온다. 나는 병실로 돌아가 잘 차려진 저녁도 내팽개치고 침대 위에 벌렁 드러누웠다.

아쉬울 게 따로 있지

규칙적으로 몸의 각종 수치를 확인하고, 일정한 시간에 재활운동을 한 다음 휴식을 취하는 날들이 계속됐다. 인간은 확실히 적응하는 존재다. 낯설었던 병원생활도 할 만해지고, 간호사들의 얼굴과 근무시간도 알게 되었다. 침상에서 지내다보면 작은 변화도 크게 느껴진다. 조금만 통증이 줄어들면 '이제 곧 회복되겠구나!' 하는 희망에 부풀다가도 조금만 컨디션이 나빠지면 '아, 다시 건강해지기는 글렀구나' 하는 절망에 휩싸인다. 미세한 개선과 악화에도 일희일비하는 것이다. 신기한 것은 간호사들이 말하는 그대로 몸에 변화가 일어난다는 점이다. "해열제 맞고 삼십 분 지나면 열이 떨어질 거예요. 너무 걱정하지 마세요" 하면 정말 삼십 분 후에 열이 떨어졌다. "저녁이 되면 어깨가 우리하게 아플 거예요" 하면 정말 그렇게 아팠고, "진통제를 놨으니 한 시간 후면 괜찮아져요" 하면 또 그렇게 됐다.

결국 나 역시 예외 없는 한 덩어리 육신일 뿐이었다.

우리는 스스로를 고유한 존재라고 믿는다. 하지만 병상에 누워 오직 육체에 집중하고 있으니 나 역시 같은 약물에 반응하고 시간이 지나야 상처가 아무는, 특별할 것 하나 없는 몸뚱이 그 이상도 이하도 아니었다. 황제도 거부_{巨富}도 천재도 결국 육신의 구조는 같다. 인간은 다 똑같다. 어찌 보면 희망적이고 어찌 보면 절망적인 당연한 사실 하나를 나는 또 침상에서 깨닫는다.

다행히 열도 오르지 않고 폐렴도 생기지 않고 남들처럼 예정대로 회복했다. 어느덧 퇴원날 아침이다. 받아놓은 날짜는 결국 온다. 새벽부터 마음이 바쁘다. 간호사가 수액바늘을 손목에서 떼어준다. 자유다! 드디어 탯줄을 끊고 병원이라는 자궁을 벗어나 세상으로 나갈 준비가 되었다. 통증은 여전하지만 마음은 어느 때보다 가볍다. 수액줄 대신 커다란 어깨보호대를 두르고 짐을 챙길 때는 아득한 아쉬움마저 느껴졌다. 아쉬울 것이 따로 있지, 병원이 아쉬울까. 인간은 진정 익숙함을 추구하는 존재다. 심지어 그것이 힘들고 부정적일지라도. 잘 있어라, 내 인생의 짧았던 자발적 유배여.

우리는 어떻게든 길을 찾아낸다

근원을 알 수 없는 아쉬움을 뒤로하고 병원을 나왔다. 일단 뭐든

122 웅크린 시간도 내 삶이니까

왼손만으로 해결해야 하는 것이 무척 불편했다. 젓가락질은 일찌감치 포기했다. 세수도 쉽지 않다. 왼손만으로 몸을 씻을 때, 절대로 닦을 수 없는 부분이 어딘지 아는가? 재미있다. 왼손이다. 불편한 오른손은 성한 왼손이 닦아주면 되는데, 왼손 혼자서는 왼쪽 손등이나 팔을 닦을 수 없다. 사실, 인생에서 저 혼자 할 수 있는 일이 얼마나 되랴. 그래도 나는 빠르게 적응해나갔다. 시간이 갈수록 흘리는 음식이 부쩍 줄어들었고, 요령을 부려 몸도 구석구석 씻을 수 있게 됐다. 지금 이 글도 어깨보호대를 한 채 쓴다. 여전히 재활운동은 고통스럽지만 갈수록 통증이 줄고 편안해져 묘한 중독성이 있다. 인간은 확실히 적응의 동물이다. 우리는 어떻게든 길을 찾아낸다.

첫 외출은 대학생 국토대장정 완주식에 참석하는 일이었다. 광복 70주년을 기념하여 천안 독립기념관에서 행사가 열렸다. 통증도 여전하고 옷을 입는 데만도 한바탕 소동을 벌여야 하지만 이 행사는 꼭 참석하고 싶었다. 20박 21일 동안 쉬지 않고 걸어온, 그야말로 '대장정'을 마치고 뛰어들어오는 청년들을 보면 매번 가슴이 뭉클해진다.

완주식에서 가장 흐뭇한 장면은 이들이 '월드컵춤'이라는 것을 출 때다. 젊은 몸짓들이 그렇게 상큼할 수 없다. 올해 다른 점이라면 574킬로미터를 완주해낸 청년들의 구릿빛 다리보다 빙글빙글 자유롭게 돌아가는 어깨에 자꾸만 눈이 갔다는 것이다. 욱신거리는 어깨를 보호대 안에 구겨넣고 무더위 속에 앉아 저 건강하게 움직이는 육신들을 바라보자니 내가 지금 가진 모든 것을 다 걸어도 얻을 수 없는 젊음에 대한 절절한 갈망이 샘솟는다. 비록 불확실성의 무게가 너무 커 미완의 좌절로 끝날지라도, 저 팔딱거리는 가능성 하나만으로도 젊음은 저렇듯 눈부시게 웃어도 좋은 것이다.

현재의 나 vs. 미래의 나—치열한 신경전을 벌이다

이 글을 쓰면서 적잖이 주저했다. 이보다 더 무서운 병마와 오래 싸우고 있는 이들이 많기 때문이다. 그런 분들에게는 엄살로 느껴질 것 같아 죄송할 따름이지만, 이렇듯 작고 사소하기에 깨달음을 얻은 것일 수도 있겠다 싶어 기록해둔다.

나는 운이 좋았다. 어느 날 갑자기 견딜 수 없이 아프거나 돌발적인 사고를 당해 병원에 실려간 것이 아니었다. 고민 끝에 날짜를 정하고 수술 전날 밤까지 마음의 준비를 할 수 있었다. 예측 가능한 재앙은 충격이 덜한 법이다. 어쩌면 이번 수술은 '현재의 나'가 '미래의 나'에게 시간을 양보한 것이라 할 수 있다. '지금은 괜찮겠지만 수술하지 않으면 나중에 힘들어질 것'이라는 조언을 앞에 두고 '현재의 나'와 '미래의 나'가 신경전을 벌이다 결국은 '현재의 나'가 고통을 감수한 것이다.

우리의 인생도 대부분 그렇다. 우리의 현재는 어느 정도 미래를 위한 타협의 산물이다. 100퍼센트 미래에 양보하는 현재는 재미없고, 100퍼센트 현재에만 충실한 현재는 희망이 없다. 하지만 분명한 사실은 결국 우리의 하루가 이 극단의 어딘가에서 타협과 양보를 거듭하며 접점을 찾는 데 달려 있다는 점이다.

내 짧은 입원기는 여기까지다. 내 생에 남아 있는 계절들을 위해 양보해야 했던 이 여름의 기록을 다시 읽으며 스스로를 대견해 한다.

돈도, 시간도, 불편도, 고통도 감내해야 했지만 그래도 '수술하길 잘했어'라고.

될 때까지
작심삼일
**나는 왜 이렇게
나약할까**

앗! 또 허리를 삐끗했다. 무거운 것을 들다가 그런 것도 아니다. 세수를 하려고 몸을 숙였는데 허리가 시큰하더니 꼼짝할 수가 없다. 엉금엉금 기어서 욕실에서 나와 침대에 드러누웠다. 누워서 천장만 바라보고 있자니 마음이 복잡하다.

2015년 벽두, 겨울방학을 맞아 한창 〈명견만리〉라는 TV프로그램을 준비하고 있던 때였다. 사흘 후에는 부산으로 촬영을 가야 하고, 다음주에는 스튜디오에서 하루종일 녹화가 잡혀 있는데 옴짝달싹할 수 없게 됐으니 낭패였다. 방송 날짜는 잡혀 있고, 새로 기획된 시리즈의 첫 방송이라 오랫동안 이날을 위해 함께 준비한 방송국 스태프들은 극도로 긴장한 상태인데, 이 일을 어쩌한단 말인가?

실은 허리디스크 때문에 고꾸라진 게 이번이 처음이 아니다. 3년 전인 2012년, 그때도 2월 설날 연휴였고, 그때도 새 책을 쓴다고 계속 책상에만 붙어 있었다. (그 당시에 쓴 글이 『천 번을 흔들려야 어른이 된다』에 남아 있다. '결핍이 나를 돌아보게 한다'는 결연한 제목을 달고.) 오래전 다이어리를 찾아보니, 정형외과의 물리치료와 한의원의 침과 뜸 치료를 한 달 이상 받다가, 결국 스테로이드 신경주사를 맞고 거동이 가능하게 됐다. 이번에는 상황이 긴급하니 어쩔 수 없다. 바로 스테로이드 주사를 맞기로 했다. 자주 맞으면 좋지 않다고는 하지만, 그래도 여러 사람과의 약속이 달려 있으니 선택의 여지가 없었다.

주사를 맞고 허리보호대를 두른 채 천신만고 끝에 방송을 마쳤다. 하지만 왠지 마음이 좋지 않았다. 스스로에 대한 자괴감 때문이었다. 3년 전 아팠을 때의 나와 지금의 나는 하등 다를 게 없었다. 지나간 날들의 다이어리 여기저기에는 '운동하지 않으면 죽는다!' '나는 걷는다!' '다이어트! 생존을 위하여!' 등등 삭막한 구호가 다짐하듯 찍어놓은 느낌표들과 함께 여기저기 흩어져 있고, 실제로 수영, 피트니스, 걷기 등을 시작한 기록이 보인다. 그런데 그것도 한두 달에 그칠 뿐, 4월 이후에는 운동기록이 사라진다. 좀 견딜 만하니까 다시 흐지부지 넘어간 것이다. 그렇게 3년을 허송세월하다가 이번에 똑같이 벌을 받았다. 나는 왜 이렇게 나약할까? 왜 뭐든 이렇게 작심삼일일까?

방송은 간신히 해냈지만 내 허리는 좀더 튼튼해져야 했다. 의사 선생님은 수술은 최후의 수단이고 허리근력을 강화하는 것이 최선이니 되도록 많이 걸으라고 했다. '그래, 다시 한번 운동을 시작하자!' 이렇게 결의를 굳게 다지고 총력전에 나섰다. 집 근처 피트니스센터에 장기등록을 하고, 새 워킹화와 운동복을 사고(항상 뭔가 사는 것은 냉큼 잘한다), 만보계를 차고 다니며 하루에 적어도 5천 보 이상은 걸었다. 3월에 개학하고 출근할 때에는 차를 멀리 세워두고 사무실까지 삼십 분 정도 걸어가기도 했다. 꽃샘추위의 칼바람이 매서운 때여서 이내 포기했지만, 따뜻한 4월이 오면 바로 다시 실천하기로 굳게 마음먹었다.

부끄러운 얘기지만, 그렇게 부단히 노력한 것은 3월뿐이었다. 정작 따뜻해진 4월이나 걷기 좋은 5월에 나는 더이상 걷지 않았다. 헬스클럽에서 왜 안 오느냐고 여러 번 문자가 왔지만 뉘우치는 건 그때뿐이었다. 너무 바빠진 탓이라고 스스로에게 핑계를 댔지만, 사실 원인은 나 자신에게 있었다. 나는 왜 이렇게 나약할까? 왜 뭐든 이렇게 작심삼일일까?

이 글을 쓰는 지금은 7월이다. 지난밤에 이렇게 살면 안 될 것 같다는 생각이 퍼뜩 들어서, 새벽에 일어나 한 시간가량을 무작정 걷다가 돌아와 바로 컴퓨터를 열고 이 글을 쓴다. 나 자신이 대견해서…… 그래도 이번에는 3년이 아니라 3개월 만에 자기반성을 한 것이 대견해서 말이다.

담배를 끊을 때가 생각난다. 나는 금연한 지 9년 정도 되었는데 악전고투를 거듭했다. 처음 담배를 배운 것이 열아홉 살 때이고, 이후 10년 정도를 매일 하루에 한두 갑씩 그것도 거북선이나 빨간색 말보로처럼 독한 놈으로만 피웠다. 미국 유학 시절에 큰아이를 낳은 뒤, 폐암으로 돌아가신 아버지 생각이 나서 결연한 의지로 담배를 끊었는데, 귀국 후 몇 년 안 돼 다시 피우게 됐다. 이후로는 담배와의 끝없는 투쟁이었다.

버나드 쇼가 "금연? 정말 쉬워요. 나는 백 번도 넘게 했는걸요" 하는 말을 남겼다지만 내가 딱 그랬다. 얼마나 여러 차례 금연을 시도했는지 셀 수도 없다. 길게는 7개월까지 성공을 해봤고, 짧게는 몇 시간 만에 담배를 버린 쓰레기통을 뒤진 적이 있다. 금연에 실패할 때마다 또 얼마나 스스로를 책망했는지…… 나는 왜 이렇게 나약할까? 왜 뭐든 이렇게 작심삼일일까?

그래도 포기하지 않고 금연 시도를 계속한 끝에 9년 전 시작한 금연이 오늘까지 이어지고 있다. 금연은 평생 하는 것이라니 지금도 완전한 금연에 성공했다고 자신할 수는 없지만, 그래도 계속 시도하면 이루어지는 것도 있다.

　그러니까 금연이든, 운동이든, 다이어트든 결국 실행의 문제다. 아니, 인생살이의 모든 것이 실행의 문제다. 우리가 좋은 책을 읽고 깨달음을 얻어 굵직한 밑줄을 그었을 때나, 반대로 커다란 실수를 하고 반성하며 다시는 그러지 않으리라는 깨달음을 얻었을 때나, 관건은 어떤 깨달음을 얻었느냐가 아니라 그 깨달음을 얼마나 실천할 수 있느냐에 달려 있다.

　그중에서도 특히 몸에 밴 습관을 바꾸기 위한 실천이 가장 쉽지 않다. '세 살 버릇 여든 간다'는 속담은 정말 무서운 말이다. 우리가 제대로 인지조차 하지 못한 때 들인 습관이라도 한 번 굳으면 평생 바꾸기 힘들다는 것 아닌가! 공자는 "사람의 천성은 서로 비슷하나 습관에 의해 서로 멀어진다性相近也 習相遠也"고 했다. 그러니 한 번의 실행으로 성공하면 그것이 오히려 이상한 일이다. 습관이 말 한마디로 고쳐지면 그게 어디 습관이겠는가. 그러므로 습관 하나를 바꾸려면 수차례의 실패와 좌절과 자기책망을 거쳐야 한다. 중요한 것은 될 때까지 포기하지 않고 새로운 버릇이 몸에 밸 때까지 계속 시도하는 것이다.

어쩌면 나의 이번 7월 운동 노력도 작심삼일로 끝날지 모르겠다. 벌써 '걷기에는 너무 더우니 시원해지는 9월부터 시작하면 어떨까?' 하는 생각이 새록새록 고개를 든다. 그래도 포기하지 않고 새로운 버릇을 얻기까지 나는 계속 시도할 것이다. 어느 글에선가 '작심삼일'을 극복하는 유일한 길은 내일이 아니라 오늘 실행하는 것이라고 쓴 적이 있다. 오늘 거기에 조건 하나를 더 추가한다. 실패하더라도 포기하지 말고 계속 다시 시도할 것. 최악의 경우 작심삼일하고 다음날 바로 다시 시도해 작심삼일하기를 계속 반복한다면, 결국 인생의 4분의 3은 결심을 실행한 것이 되지 않겠는가?

그대에게도 나 자신에게도 건투를 빈다. 작심삼일? 오케이! 될 때까지 그 작심삼일, 수십 번이고 수백 번이고 반복해보리라고.

'작심삼일'을 극복하는 유일한 길은
내일이 아니라 오늘 실행하는 것이라고 쓴 적이 있다.
오늘 거기에 조건 하나를 더 추가한다.
실패하더라도 포기하지 말고
계속 다시 시도할 것.

신데렐라의
아버지는
왜 그랬을까

나는 정말
몰랐다는 핑계

내가 아는 동화들 중에 가장 흥미진진한 이야기를 꼽으라면 단연 『신데렐라』다. 할리우드 영화 〈귀여운 여인〉부터 우리나라 드라마에 이르기까지 이른바 '신데렐라 스토리'의 재생산은 멈출 줄을 모른다. 예쁘고 착하지만 가난한 소녀가 재벌 남자의 사랑을 얻어 신분 상승을 이룬다는 이 기본 서사에는 '뻔함'이라는 꼬리표가 따라붙는데, 뒤집어 말하면 신데렐라 스토리야말로 마르지 않는 이야기의 원형이라 할 수 있다. 이러한 서사를 가진 민담들은 유럽과 아시아 전역에 천여 개가 넘는다고 한다.[20]

신데렐라는 '재투성이'라는 뜻이다. 우리 식으로 표현하면 '부엌데기' 정도 되겠다. 어머니를 여읜 소녀가 계모와 의붓언니들에게 온갖 구박을 당하며 부엌일만 하다가 이름 대신 이런 참혹한 별

명으로 불리게 되었다. 내가 이 책을 읽었던 어린 시절, 그리고 두 아들의 아버지가 된 지금도 가장 이해하기 힘든 것은 '신데렐라의 아버지'다. 계모와 새언니들은 그렇다 하더라도 그는 친아버지가 아닌가. 신데렐라가 부당한 대우를 받고 중노동에 시달릴 때, 아버지는 도대체 어디서 무엇을 하고 있었단 말인가.

『그림형제 동화전집』[21]의 '신데렐라' 편을 보면 시작이 이러하다.
"한 부자의 아내가 병이 들자 자신의 죽음이 그리 멀지 않았다는 것을 느끼고 외동딸을 머리맡에 불러놓고 말했습니다."[22]
이야기는 '한 소녀'가 아니라 '한 부자'로 시작한다. 아이에게 중요한 것은 아버지의 재산이 아니라 어머니의 사랑이라는 가르침을 첫 문장부터 암시하려는 것이었을까? 독일 심리학자 오이겐 드레버만의 주장처럼 '말을 타고 장에 나가는' 신데렐라의 아버지는 아마도 "딸의 행복보다는 돈 버는 일을 훨씬 중요하게 여기는 전형적인 장사꾼"[23]이었을지 모른다.
이 아버지의 무심함의 극치는 왕자가 신데렐라를 찾아내는 가장 결정적인 순간에 드러난다. 발가락과 발꿈치를 잘라 억지로 황금신발[24]을 신은 언니들의 발에서 피가 나는 바람에 가짜임이 들통나자 왕자는 아버지에게 또다른 딸이 없는지 묻는다. 그때 아버지의 대답이 놀랍다.
"없습니다. 신데렐라밖에는. 그애는 내 죽은 아내가 낳은 아이인데, 아주 못생겨서 왕자님의 신붓감이 될 만한 애가 못 됩니다."[25]

이게 대체 아버지가 할 소리인가!

신데렐라의 아버지만 이상한 것은 아니다. 『백설공주』와 『장화홍련전』의 아버지는 무기력하기만 하고, 『미녀와 야수』나 『심청전』에서는 아버지가 딸을 아예 죽음으로 내몰기까지 한다. 도대체 왜 이러는 걸까? 동서고금 막론하고 아버지들이란!

이야기를 만드는 입장에서 생각해보자면, 신데렐라가 스스로 시련을 극복하는 대신 보호자인 아버지가 나서서 다 해결해준다면 애초에 서사가 성립하지 않는다. 아이들이 제대로 교육받을 수 없었던 그 옛날, 동화의 교육적 기능을 생각해보면 줄거리의 기둥은 '부성에 기대지 않고 스스로 난관을 헤쳐나가는 소녀의 성장담'이어야 했을 것이다.

"계모와 의붓언니들이 신데렐라를 구박한 것을 알게 된 아버지는 이들을 크게 꾸짖어 내쫓고 신데렐라와 둘이서 행복하게 살았습니다. 훗날 신데렐라는 왕궁 무도회에서 왕자의 눈에 들어 왕비까지 되었답니다."

이야기가 이렇게 끝나버리면 얼마나 허탈할까. 또 아이들은 그 이야기에서 무엇을 깨닫고 배울 것인가. '하루빨리 거짓과 억압의 그늘에서 벗어나 진짜 네 모습을 스스로 찾아나가라.' 아마도 이 교훈을 전달하기 위해 신데렐라의 아버지는 악역을 맡아야 했을 것이다.

"신데렐라의 아버지는 자기 딸이 저렇게 고생하는데 왜 모른 척 했을까?"

어느 날 아내에게 이렇게 물었더니 망설임 없이 대답한다.

"모른 척한 게 아니라 딸이 그 지경인지 정말 몰랐던 거지. 종일 밖에 나가 있었을 테니까. 더구나 계모며 새언니들이 그 일을 아버지가 알게 했겠어?"

"그럼 왜 신데렐라는 아버지에게 말하지 않았을까?"

"왜겠어? 아버지하고 대화가 없었겠지. 아버지가 매일 늦게 들어왔다거나, 자기에게 관심이 없다고 생각해서 지레 포기했을 수도 있고. 당신도 우리 아이들한테 매일 무슨 일이 일어나는지 모르잖아?"

한 방 먹었다. 아내가 나를 비난하려는 의도에서 한 말은 아니었

"왜 신데렐라는 아버지에게 말하지 않았을까?"
"왜겠어? 아버지하고 대화가 없었겠지.
아버지가 매일 늦게 들어왔다거나,
자기에게 관심이 없다고 생각해서
지레 포기했을 수도 있고.
당신도 우리 아이들한테 매일 무슨 일이
일어나는지 모르잖아?"

한 방 먹었다.

지만, 듣고 보니 그렇다. 매일 일찍 출근했다가 늦게 들어오고, 휴일에는 서재에서 종일 혼자 일하는 내가 아내와 아이들 사이에 무슨 일이 일어나는지 알 리가 없다. 어디 나뿐이랴. 대부분의 집안에서 아버지는 국외자가 된다. 예나 지금이나, 나나 신데렐라의 아버지나. 동화의 구성과 교훈을 논하기에 앞서, 아버지가 신데렐라의 사정을 모르는 것은 현실적인 측면에서 당연하다.

어깨수술을 받고 나서 외출하기가 여의치 않아 하루의 대부분을 집에서 보내야 했을 때는 마침 둘째아이의 여름방학이었다. 에어컨이 아이의 방에만 있었던 까닭에 거기서 책도 읽고 글도 쓰곤 했는데, 생각해보니 그동안 둘째아이와 이렇게 함께 시간을 보내본 적이 거의 없었다. 내가 아직 학생이었을 때 태어나 제법 긴 시간을 함께 보낸 맏이와 달리, 교수로 임용되던 해에 태어난 둘째는 그러지 못했다. 그런데 나는 이러한 사실조차 그때까지 깨닫지 못했던 것이다.

우리 둘 다 말수가 적고 살갑지 못해서 한방에 있다고 하여 대단한 이야기를 주고받은 것은 아니지만, 그래도 함께 시간을 보내보니 평소처럼 지냈다면 몰랐을 아들의 생각과 고민을 눈치챌 수 있었다. 이후 다시 개학날이 다가와 둘째는 학교에 가고, 어깨가 회복된 나 역시 '말을 타고 장에 가게' 되었다. 공생의 시간은 얼마 안 가 끝나버렸지만, 그날들은 어쩌면 영원히 신데렐라의 아버지로 살아갔을지 모를 내게 찾아온 일대 사건이었다.

  그리고 나는 중요한 '생애급' 결의를 하게 됐다. 앞으로는 자주 아이들과 함께 시간을 보내리라고. 어떤 경우에도 나는 정말 네가 그런 줄 몰랐다는 핑계를 대지 않겠다고. 내가 더 힘들고 여유가 없어 보여 내 아이들이 사소한 어려움과 고민을 털어놓는 걸 망설이게 하는 아버지가 되진 말아야겠다고.

딴 나라
사람과
같이 살기
우리는 저마다 조금씩
이상하고 별난 사람

샴푸를 다 썼다. 아무리 펌프를 눌러도 헛기침만 한다. 이럴 때 당신은 어떻게 하는가? 나는 샴푸통에 물을 4분의 1쯤 넣고 흔들어 쓴다. 이렇게 하면 다섯 번쯤은 더 쓸 수 있다. 그리고 아들에게 당부했다.

"이게 묽어도 머리 감는 데 지장 없으니까 새것 꺼내기 전에 이 놈부터 써라."

"예에∼"

어째 대답에 영혼이 없는 것 같더라니, 며칠 후에 보니 새 샴푸가 떡하니 나와 있다. 아들이 꺼내놓은 것이다. 물 넣으면 거품이 잘 안 난다나, 뭐라나…… 어렵게 뚜껑을 열어서 물까지 넣었는데 나라도 빨리 써야 할 것 같아서, 나는 물 넣은 샴푸를 쓴다. 생각보다 오래간다.

그러다 어느 날 신경질이 확 났다. 돈은 내가 버는데 나는 맨날 물 넣은 샴푸나 쓰고, 돈 한푼 안 버는 아들 녀석은 새 샴푸로 머리 감고…… 생각해보니 나는 비누를 쓰는데, 이 친구는 '바디클렌저' 펌프를 야무지게도 누른다. 참 고급지기도 하지……

차제에 따끔하게 한마디해야 할 것 같아 야단을 좀 쳤더니, 바로 대꾸한다.

"아빠! 제발 궁상 좀 떨지 마요."

궁상……

그렇다. 나는 가세에 지장도 없는 얼마를 아껴보겠다고 꼬장꼬장하게 굴었던 것일까. 하지만 이건 단순히 살림살이의 문제가 아니다. 사는 방식의 문제이고, 그것은 태어나고 자란 환경의 차이에서 비롯된다. 우리 어머니는 치약을 다 쓰면 몸통을 쥐어짜다못해 튜브를 갈라 그 속을 싹싹 긁어내서 이를 닦았다. 나는 그 정도는 아니다.

우리나라의 1인당 국민소득은 내가 태어난 1963년에 100달러였고, 둘째아들이 태어난 1997년에 1만 1176달러였다. 물가 상승을 감안하더라도 이것은 엄청난 차이다. 나는 그 국민소득이 간신히 100달러에 이른 후진국 국민이고, 아들은 국민소득이 1만 달러가 넘는 중진국 국민이다. 이건 단순한 세대 차이가 아니라 다른 나라 사람들 간의 갈등이다. 다른 나라 사람들이 한 욕실을 쓰니 싸움이 날 수밖에 없다.

　미국이나 유럽처럼 사회 변화의 속도가 안정적인 나라에서도 부모와 자식 간의 세대 차이는 극복하기 어렵다고 한다. 하물며 'LTE급 속도'로 변화하는 우리나라에서는 오죽할까! 바로 이것이 기성세대가 청년세대를 바라볼 때 반드시 염두에 두어야 할 점이다. 나와 같은 기성세대에게는 연봉 100달러만 돼도 나라의 평균소득을 넘는 좋은 일자리였지만, 내 아들세대에게는 연봉 1만 달러라도 평균 이하의 나쁜 직업이다. 이러니 '우리 젊을 때는 훨씬 더 험한 일도 많이 했으니 취직 못한 젊은이들은 눈높이를 낮춰라'는 말은 허망하기 그지없다. 기성세대의 눈으로 청년의 문제를 바라보려고 하니 정부나 기업에서 내놓는 청년정책 역시 허점투성이인 것이다.

　학생들을 가르치는 내게 직장생활하는 친구들이 묻는다.
"요즘 젊은 애들은 왜 그렇게 나약하냐? 다 그러냐?"
이때 나의 대답은 오직 이것뿐이다.

"걔네들은 너하고 다른 나라 사람이야. 네 방식을 강요하지 마. 받아들여."

이 문제는 가정에서 더욱 중요해진다. 갈수록 자녀와 부모가 친밀한 관계를 맺기 힘들어지는 것은 전 세계적인 추세다. 유독 자녀를 소유하고 관리해야 하는 존재라고 여기는 우리나라 부모들은 여전히 모든 영역에서 자신들의 경험과 판단을 강요하려 들기 때문에 두 세대 간의 교집합을 찾기가 더욱 어렵다. 청년의 삶은 청년의 눈으로 헤아려야 한다는 자명한 명제를 잊지 말아야 한다. 내 과거의 젊음으로 현재의 젊음을 재단할 수는 없다.

그러니 젊음도, 늙음도, 저마다 끌어안은 생의 유약함을 너무 미워하지 말자.

세대 차이.
이건 단순히
살림살이의 문제가 아니다.
사는 방식의 문제이고,
그것은 태어나고 자란
환경의 차이에서 비롯된다.

내 과거의 젊음으로
현재의 젊음을 재단할 수는 없다.
그러니 젊음도, 늙음도,
저마다 끌어안은 생의 유약함을
너무 미워하지 말자.

비로소
내가 되는 시간
**권태는
나의 힘**

    사진작가 채승우씨의 글에서 이런 대목을 읽은 적이 있다. 8개월째 유럽을 여행하던 중 폴란드의 장거리 버스 안에서 "아, 어딘가 여행이나 갔으면 좋겠다"는 생각이 난데없이 들었다고.[26]

    여행을 하고 있으면서 여행을 떠나고 싶다니. 당황스러운 한편 그 마음도 이해는 간다. 아마 권태 때문이 아니었을까? 여행은 단순히 타지를 방문하는 것이 아니라 지루한 일상으로부터의 탈출이다. 그런데 이 여행도 오래 이어지면 그 자체가 일상이 되어 '여행의 권태'로부터 탈출하고 싶은 마음이 든다. 권태, 기나긴 세월 동안 우리를 쫓아다니며 무력감에 빠지게 하는 이 녀석은 여행지까지 우리를 따라온다.

사실, 권태는 내게 제일 고통스러우면서도 고마운 존재다.

학교 일에서 벗어나 글쓸 때 가장 즐겁지 않느냐고 묻는 이들이 있다. 실은 절대로 그렇지 않다. 글쓰기는 외롭고 고통스러운 작업이다. 글은 혼자 쓰는 것이므로 친구들과의 유쾌한 저녁 자리를 사양하고 집에 들어와, 텔레비전을 보며 과일을 먹고 있는 가족들을 뒤로한 채 방문을 닫고 들어가야 한다. 또 아무리 짧은 글이라도 세상에 내놓으려면 수도 없이 고쳐 쓰는 진통의 시간이 필요하다. 그런데 가만히 생각해보니 이 모든 것을 견디며 여전히 글을 쓰는 이유는 그 일이 가장 '나답다'고 믿기 때문이다. 시간을 기울인 만큼 내 뜻대로 길이 나는 일은 세상에 많지 않다. 그러나, 그럼에도 불구하고 글쓰기는 여전히 외롭고 고통스러운 작업이다.

온갖 재미있는 일들이 널려 있는 이 도시에서 방문을 닫아 걸고 계속 글을 쓸 수 있게 하는 힘은 바로 권태다. 쉽게 손에 닿는 즐거움들로부터 나를 절연시키고 나면 이내 무료함이 찾아온다. 심심함의 고통을 이기지 못할 때 비로소 그보다 약간은 덜 고통스러운 글쓰기를 시작할 엄두가 나는 것이다. '그래, 이러느니 글이라도 좀 쓰자' 하고. 그래서 나는 권태가 고맙다.

권태는 인간이 진보하는 데 중요한 역할을 해왔다. 인류가 이렇게 발전할 수 있었던 것은 다른 종에 비해 호기심, 창의력, 학습능력이 더 왕성했기 때문인데, 이는 반복되는 뻔한 현상에 대한 지루함을 견디지 못하고 새로움을 추구할 때 가능하다. 심심함이 인간을 진보로 이끌었다고 할 수 있다. 동시에 권태는 인간으로 태어나 받는 천형이기도 하다. 우리 삶에서 필연인 권태는 중년에게 더욱 무겁다. 권태는 삶의 생기가 조금씩 사그라지는 틈을 귀신같이 알아차리고는 감기처럼 찾아온다.

권태에도 종류가 있다. 흔히 '권태기'가 왔다고 말하듯, 애인이나 배우자처럼 가슴 설레야 하는 대상에게서 싫증을 느끼는 '관계의 권태'나 생활이나 일이 반복되어 따분할 때 느끼는 '일상의 권태'가 있는가 하면, 삶 자체 혹은 자신의 존재에 대해 의미를 찾지 못하는 '실존의 권태'도 있다. 이 세 가지 권태는 서로 어느 정도 연관돼 있겠지만, 그중에서도 실존의 권태는 특히 치명적이다. 잘못하면 우울증, 대인기피, 극심한 무력감 등 심각한 결과를 초래할 수 있기 때문이다.

사람들은 '습관적으로' 권태로부터 달아나려고 한다. 조금이라도 따분하다 싶으면 무심결에 텔레비전을 켜고, 스마트폰을 들여다보고, 쇼핑몰을 찾는다. 하지만 지루함을 피하기 위해 그저 시간을 죽이다보면 어느새 우리 삶마저 죽이게 된다. 권태마저 생산적인 에너지로 승화시켜 낭비 없는 삶을 살자는 주장이 아니다. 기왕 어쩔 수 없이 오고야 마는 것이라면 권태를 데리고 잘 살아보자는 것이다. 우리는 '심심해 죽겠는' 상황 속에서 비로소 내 자신의 깊은 곳으로 침잠할 수 있다. 그 지루한 침잠에서 '나를 나답게' 만드는 일에 몰두할 수 있는 것이다. 나다운 일들이란 대부분 말초적인 재미를 주는 것들에 밀려나기 십상이기 때문에, 우리는 심심함의 파도에 쓸려나가지 않도록 당당해져야 한다. 이를테면 '심심할 용기'를 가져야 하는 것이다.

　사람들이 매일의 분주함을 관리하는 방식은 대체로 비슷하지만, 그 여백의 한가함을 다루는 방식은 제각각이다. 누구는 취미생활에 몰두하고, 누구는 일을 더 열심히 하기도 하며, 또 누구는 도박이나 불륜 같은 데로 탈선하기도 한다. 이 차이가 그 사람의 남은 인생을 바꾸어놓는다. 근면함이 아니라 따분함이 진짜 나를 만든다.

사람들은 '습관적으로'
권태로부터 달아나려고 한다.
하지만 지루함을 피하기 위해
그저 시간을 죽이다보면
어느새 우리 삶마저 죽이게 된다.
근면함이 아니라 따분함이 진짜 나를 만든다.

그대, 삶이 지루한가?
무료함에 맞서라.
권태는 잠든 말馬이다.
지금 깨워 타고 달려나가라.

그대, 삶이 지루한가? 무료함에 맞서라.

권태는 잠든 말馬이다. 지금 깨워 타고 달려나가라.

혼자
있고 싶다

혼자 있고 싶다.

방에 혼자 있는데도 그렇다. 스마트폰의 전원을 끄고 인터넷 창을 닫고 방문과 창문마저 닫았다. 드디어 혼자다. 그런데도 요즘 유행하는 표현을 빌리자면, 더 격렬하게 혼자 있고 싶다.

무엇일까, 이 끊임없는 고독에의 갈망은.

나의 1년은 크게 '글쓰는 기간'과 '글쓰지 않는 기간'으로 나뉜다. 글쓰지 않는 기간에는 평범한 교수의 일상을 산다. 강의하고,

연구하고, 학생 지도와 행정일을 하고, 프로젝트와 자문 업무를 한다. 그리고 사람들을 만난다. 여기에 '글쓰는 일'이 추가되면 글쓰는 기간인 것이다. 사람들은 이 시기에 "더 바빠지겠군요"라고 묻지만, 정확히 말하자면 단지 더 바빠지는 것이 아니다. '양적으로' 시간이 모자란다기보다는 '질적으로' 내 삶의 방식이 변화한다.

글쓰기는 혼자서 하는 일이다. 타인과 교유하고 세상을 다니면서 글감을 얻을 수는 있겠지만 실제로 글을 쓰려면 혼자가 되어야 한다. 훗날 만날 독자들과 소통하려면 지금 필자의 소통은 끊어져야 한다. 글쓰기는 외로운 일이다.

나는 주로 오전 5시부터 10시까지 글을 쓴다. 그러다가 아내가 부르면 아침 먹고 세수하고 출근해서 교수의 일상으로 돌아가 저녁까지 일한다. 늘 그렇듯 저녁이 문제다. 사적으로든 공적으로든 사람을 만나 저녁을 먹으면 대체로 반주가 곁들여지기 마련이다. 좋은 사람들과의 술 한잔은 행복한 일이지만, 그 행복을 누리면 다음날 아침에 일어나 글을 쓰기가 힘들어진다. 술을 즐기는 나는 술잔 대신 사이다잔을 드는 것보다 아예 모임에 나가지 않는 것이 속 편하다. 이래저래 글쓰는 기간에는 사람들과의 만남이 줄어든다. 집에 돌아가서도 얼굴 한번 보이고는 서재로 들어가버리니 가족과의 대화마저 줄어든다.

프랑스의 작가 베르나르 베르베르도 "내 글쓰기의 원동력은 고독"이라고 토로한 적이 있다. 비단 작가들뿐 아니라 혼자서 연습하고 작업해야 하는 화가, 음악가, 학자 같은 이들은 모두 동의할 것이다. 위대한 그들은 고독을 연료로 움직인다.

홀로 일하다보면 가장 절실해지는 화두는 자기관리다. 하루에 몇 시간 혹은 원고지 몇 장은 어떤 일이 있어도 매일 쓰려고 한다는 전업작가들의 말에서 스스로를 제대로 관리하지 못하면 오래 지속할 수 없는 이 일의 특성이 드러난다. 혹자는 원하는 때에 일할 수 있어서 부럽다고 하지만 나는 그 점이 제일 괴롭다. 아무때나 일할 수 있다는 사실은 언제나 일로부터 자유롭지 못함을 뜻하기도 한다. 가족들과 휴가를 떠나서도 언제 어디서 글감이 떠오를지 모르기 때문에 나는 꼭 수첩을 품고 다닌다. 늘 생각의 한 자락이 일에 닿아 있다.

심지어는 잠잘 때도 자유롭지 못하다. 잠자리에 들다가도 어떤 아이디어가 떠오를지 모르기 때문에 버릇처럼 머리맡에 수첩을 둔다. 간혹 수학자들이 꿈속에서 문제를 풀었다는 얘기를 듣는데, 이것이 전혀 근거 없는 말은 아니라고 한다. 수면 직전까지 특정 문제에 집중하다가 잠들게 되면, 뇌가 그날의 정보를 정리하는 과혼.자. 있.고. 싶.다.
위대한 그들은 고독을 연료로 움직인다.

정에서 문제를 풀어내곤 한다는 것이다. 나도 안 풀리는 문장을 되뇌며 그대로 잠들었다가 다음날 아침에 마음에 드는 첫 문장이 떠오른 적이 있었다. 스스로도 대단한 정성을 쏟는 것 같아 뿌듯하지만 잠들 때조차 자유롭지 못하다는 사실은 왠지 쓸쓸하다.

이처럼 내가 24시간을 글쓰기에 전부 쏟아붓는 이유는 창작에는 '몰입'이 필요하기 때문이다. 사람은 몰입했을 때 자기역량 이상의 결과물을 낼 수 있다. 내 책을 읽을 때 낯이 확 붉어질 만큼 부끄러운 문장도 있지만, 간혹 "내가 어떻게 이런 멋진 표현을 썼지?" 하고 스스로 감탄할 때가 있다. 어느 작곡가와 뮤직비디오 감독과 저녁을 먹다가 이런 얘기를 나눈 적이 있는데, 그들도 똑같은 경험을 한 적이 있다고 했다. "이거 정말 내가 만든 거 맞아?" 하고 스스로 감동할 때가 있다는 것이다. 우리 모두 '자뻑'이 너무 심하다고 웃었지만, 그날의 결론은 '몰입의 힘'이었다. 집중하고 몰입해들어갈 때, 우리는 평소에 숨어 있던 역량까지도 발휘할 수 있다. 다른 창작과 마찬가지로 글쓰기에도 몰입은 반드시 필요하다.

좋은 글은 치열한 수정의 산물이기도 하다. '그림은 고칠수록 나빠지고 글은 고칠수록 좋아진다'는 말이 있다. 타고난 재능이 부족한 나는 고치고 고치고 또 고치는 것으로 만회하려 한다. 한번은 학교에서 입학식 축사를 맡게 되어 원고를 써야 했다. 이틀 만에 초고를 쓰고 그후 24일 동안 글을 고쳤다. 어떤 이는 열흘이 주어지면 아흐레를 고민하다 마지막날에 써서 보낸다고 하는데, 나는 첫날부터 쓴 글을 붙들고 수도 없이 고치다가 겨우 보낸다. 『천 번을 흔들려야 어른이 된다』의 원고를 쓸 때 내 편집자는 이렇게 말하기도 했다. "선생님은 천 번을 고쳐야 글이 되는군요."

그러다보니 내 글에 가장 민감한 사람은 바로 나다. 써놓은 글을 몇 번이고 고치면서 더 나은 문장을 쓰기 위해 고민하다보면 무엇보다 스스로 예민하고 신경질적인 성격이 된다. 글쓰는 데는 도움이 될지 모르겠지만 그만큼 상처도 쉽게 받는다. 누군가가 내 글을 비판하면 겉으로는 '좋은 지적을 해줘서 고맙다'고 하면서도 속으로는 필요 이상으로 아프다. 스스로는 고칠 만큼 고쳐서 제법 완성된 글을 세상에 내놓았다고 생각했는데 지적이 날아오면 마음을 다치지 않기가 쉽지 않다.

그렇기 때문에 작가나 예술가 중에는 정치인이 드문 것인지도 모르겠다. 이들은 사람을 되도록 적게 만나고 스스로에게 엄격하며 타인의 비판에 민감하다. 하지만 정치인은 사람을 되도록 많이 만나고 뭐든 스스로 잘하고 있다고 믿으며 사람들의 격한 비판이 무반응보다는 낫다고 생각하는 경향이 있다. 이런 이유에서 보면 같은 법조인이라도 판사보다는 검사가, 글쟁이 중에서는 작가보다 기자가 성향상 정치에 더 맞는다. 간혹 나도 정치를 해볼 생각이 없냐는 질문을 받는데, 정말이지 나를 몰라서 하는 말이다. 관심도 없지만 내 성향과도 전혀 맞지 않는다.

이래저래, 글쓰기는 고독하고 또 소모적이다.

글을 쓰기 시작한 이후로 나는 변하고 있다.

사람과 만나는 것을 꺼리고 나만의 세계에 갇혀서 작은 비판에도 쉬이 상처를 받는다. 이 부정적인 변화를 잘 알면서도 내 일상에서 '글쓰는 시간'이 차츰 늘고 있다.

무엇일까, 이 중독적인 힘은.

나는 글쓰기가 내가 할 수 있는 모든 활동 중에서 가장 의미 있는 일이라고 생각한다. 일의 '의미'는 중요하다. 미국 펜실베이니아 대학 와튼스쿨 교수이자 유명한 협상·대인관계 전문가인 리처드 셸은 인생에서 '의미 있는 일'을 찾아야 한다고 강조한다. 의미 있는 일이란 어떤 일인가? 단지 보상이 두둑하고 타인이 알아주는 일이 아니다. 그에 더해 열정을 샘솟게 하고 재능을 활용할 수 있는 일의 교집합에 직업의 '스위트 스팟(최적점)'이 존재하며, 그때 비로소 우리는 '소명'을 느낄 수 있다.[27]

'황금수갑'이라는 말이 있다. 명문대학을 나오고 정량분석에 탁월한 인재들은 금융·회계·컨설팅 업계에서 높은 보수를 받으면서 일을 시작하는데, 막상 매일 반복적으로 수행하는 일 자체는 매우 따분하다고 한다. 하지만 높은 연봉과 소비 수준에 길들여진 탓에 그 일을 전혀 좋아하지 않으면서도 막상 그만둘 수 없게 될 때, '황금수갑'을 찼다고 표현한단다. 물론 이러한 딜레마를 부러워하는 이도 있겠지만, 그래도 넉넉한 보수나 타인의 인정만으로는 채우지 못하는 일의 영역이 있다는 점은 수긍할 수 있겠다. 우리가 "일을 대하는 생각 차이는 하루를 채우는 활동의 내용이 아니라, 일을 대하는 태도에서 발생"하는 것이다.[28]

내가 스스로에게 바라는 유일한 소망은 이것이다. 타인의 시선에 개의치 않고 자유롭게, 내가 진정으로 의미 있다고 여기는 일을 계속하는 것. 설령 그것이 아무리 고독하고 소모적일지라도 포기하지 않고 그 일을 계속해나갈 수 있는 것. 그뿐이다.

오늘도 그렇게 스스로를 격려하며 백지를 메운다.

아날로그의
생존법
아름다운 것들은
시대가 변해도 아름답다

컴퓨터에 저장해두었던 파일들을 전부 USB에 옮길 일이 있었다. 녹슨 펌프에서 물을 퍼올리듯 힘겹게 만들어낸 글감들과 칼럼들, '을'의 서러움을 꿋꿋이 견디며 수행했던 수많은 프로젝트의 파일들, 여러 밤을 지새우며 고쳐 쓰고 또 고쳐 썼던 원고들…… 이것들이 옮겨지는 모습을 보자니 내 영혼의 일부가 저 작은 저장매체에 모이고 있다는 착각마저 들었다.

파일을 전부 옮기고 보니 USB의 '사용 가능한 공간'이 55% 정도 남았다고 알려준다. 문득 서글퍼졌다. 교수생활 18년간의 땀과 눈물이 고작 저 손톱만한 막대기의 절반도 되지 않는다고 생각하니 내 자신이 한없이 작게 느껴졌다. 나는 영원히 저 저장매체를 채우지 못할 것 같았다. 내가 지식을 쌓는 속도보다 저장기술이 발전하는 속도가 더 빠르기 때문이다. 이 혁신의 시대에 나는 고물이 되어가고 있다.

〈아티스트〉라는 영화가 기억난다. 흑백 무성영화다. 컴퓨터 프로그램으로 배우를 만들어내고 4D 영화까지 만들어지는 이 시대에 흑백 무성영화라니. 하지만 이 영화, 대단하다. 2012년 아카데미 작품상, 감독상, 남우주연상을 휩쓸며 평단과 대중의 찬사를 받았다.

영화에서 무성영화계 최고의 스타 '조지'는 유성영화가 등장하면서 졸지에 설 자리를 잃는다. 그는 재기를 꿈꾸며 전 재산을 걸고 초대형 무성영화를 제작하지만 흥행에 실패해 참담한 신세가 된다. 사실 조지가 잘못한 일은 없다. 그저 세상이 변한 것이다. 새로운 기술이 나오면 낡은 기술에 의지하고 있는 사람들은 무너지게 마련이다. 지난 20년간 우리가 꼭 그랬다. 컴퓨터가 등장하면서 세상은 무서운 속도로 빨라졌고, 매일같이 발전하는 '스마트'한 기술들을 따라 우리 삶의 모습도 순식간에 변화했다.

나는 트렌드를 공부하는 사람으로서 시대의 변화를 잘 따라가는 편이라 생각하지만 그럼에도 어지러움을 느낀다. 문제는 그저 혼란스러운 데서 그치지 않고 스스로 도태되고 있다는 생각이 갈수록 강해진다는 것이다. 젊은 연구원들의 대화가 무슨 말인지 나 혼자 외딴섬처럼 알아들을 수 없을 때, 요즘 유행하는 농담에 아이들은 깔깔깔 웃는데 그게 왜 우스운지 이해할 수 없을 때, 요즘 최고 인기 아이돌이라는데 멤버는커녕 그룹 이름조차 생소할 때, 나는 흑백 무성영화 시대의 고물이구나, 하고 느낀다. 앞으로 더욱 빠르게 변화할 시간들이 내 USB의 '사용 가능한 공간'처럼 공허하게 다가왔고, 나는 흑백 무성영화 시대의 고물이 된 것 같다.

〈아티스트〉에서 가장 멋진 장면은 역시 결말이다. 조지가 재기에 성공하는 것이다. 그 비결이 자신의 약점인 발성을 피나는 훈련으로 보완해서 유성영화에 적응하는 것이었다면 그리 극적이지 않았을 것이다. 조지는 자신의 무성영화적 장기인 춤 실력을 발휘해 유성영화의 시대에 다시 일어선다. 변화한 시대와 자신의 강점과의 접점을 찾아낸 것이다.

대중음악평론가 김작가는 한 수필에서 이렇게 썼다. LP판이 CD에 밀리고, CD는 MP3에 밀려나는데, 요즘 다시 LP를 듣는 사람은 늘어나고 있다. 왜 그럴까? "CD는 디지털의 출발이었으며, MP3는 디지털의 진행 과정에 서 있다. 그러나 LP는 아날로그의 완성"이기 때문이라고 한다. LP가 CD에 밀린 건 '편리성' 때문이지 '완결성'이 아니라는 것이다.[29]

아날로그가 디지털 시대에 살아남으려면 기술로 대체될 수 없는 자기의 고유한 가치를 찾아내는 일에서 출발해야 한다. 요즘 TV 가요 프로그램을 보면, 신세대 가수들이 8, 90년대 심지어는 1950년대 노래를 새로운 감성으로 재해석해 다시 부르는 모습을 볼 수 있다. 영화, 연극, 뮤지컬 등 다른 문화계에서도 여전히 아날로그적 정서가 힘을 잃지 않고 있다. 아름다운 것들은 시대가 변해도 아름답다.

이 숨가쁘게 질주하는 디지털 시대에 살아남기 위해서는, 오히려 우리가 지나온 시간들의 여러 장점을 다 버리면서까지 스스로를 '파괴적으로 혁신'해야 한다는 강박에서 벗어나야 한다. 트렌드가 아무리 변해도 꿋꿋하게 변하지 않는 본질들이 있다. 중요한 것은 그 복고적 본질과 최신 트렌드와의 접점을 찾아 어떻게 성공적으로 엮어낼 수 있느냐에 있다. 영화에서 조지가 그랬던 것처럼, 나는 자문한다. 이 디지털 시대에도 유효할 나의 아날로그적 본질은 무엇인가?

〈아티스트〉 제일 마지막에, 이 영화의 유일하면서도 핵심적인 한마디가 나온다.

잊지 못한다, 그 대사.

"Action."

행동하라!

아름다운 것들은 시대가 변해도 아름답다.
트렌드가 아무리 변해도
꿋꿋하게 변하지 않는 본질들이 있다.
이 디지털 시대에도 유효할
나의 아날로그적 본질은 무엇인가?

〈아티스트〉제일 마지막에,
이 영화의 유일하면서도 핵심적인 한마디가 나온다.
잊지 못한다, 그 대사.
"Action."
행동하라!

아등바등 살던
어느 날 문득

**지족구락과
성취욕망 사이에서**

『트렌드 차이나』를 쓰기 위해 중국 충칭重慶의 옛 거리 츠치커우磁器口를 답사한 적이 있다. 서울로 치면 변하기 전의 인사동 같은 곳이다. 온갖 민예품점과 간식가게가 오밀조밀 붙어 있는데, 그 중에 한자를 그림처럼 그려주는 할아버지가 눈에 띄었다. 기념품을 하나 만들어야겠다 싶어, 내 이름을 한자로 보여주고 글씨그림을 그려줄 것을 부탁했다. 그때 내 통역을 맡은 중국인 학생이 '한국에서 온 유명한 교수님이니 잘 부탁한다'는 취지로 말했나보다. 그는 나를 흘끔 한번 쳐다보더니 좀 마뜩잖은 표정을 지으며 내 이름 옆에 이 한 구절을 덧붙여줬다.

지족구락知足久樂. '만족을 알면 오랫동안 즐겁다'는 뜻이다.

이 글귀를 써서 내게 건네주는 할아버지의 표정이 딱 이렇게 말하는 듯했다.

'네가 잘나간다고? 흥, 만족을 모르고 계속 욕심을 부리다가는 큰 욕을 볼 것이야. 그러니 적당한 선에서 만족할 줄 알고 오래 즐거울 수 있는 길을 찾아봐.'[30]

물론 나는 아직 갈 길이 먼 사람이지만, 그가 일필휘지로 쓴 '지족구락'은 울림이 컸다. 생각해보면 그동안 만족을 모르고, 무엇을 추구하는지도 명확히 모른 채, 쉼 없이 달려왔다. 이제 잠시 걸음을 멈추고 무엇을 위해 그렇게 몰두했는가를 생각해보라고, 그 성취를 위해 진정 소중한 것들을 소홀히 하지 않았느냐고, 그 추구를 모두 이룬 자신이 진정한 나인가를 생각해보라고, '지족구락', 이네 글자는 경고하고 있었던 것이다.

지금까지 무엇이 나를 움직여왔을까?

청소년기에는 좋은 대학, 청년 시절에는 좋은 직장, 어른이 된 이후로는 보람, 명성, 돈 그런 것들이었을 게다. 이렇게 시기별로 모습을 바꾸기는 했지만, 결국 그것은 무언가를 이루고자 하는 욕심, 다시 말해 '성취'에의 갈구가 아니었을까 싶다. 좋건 싫건 이 성취의 욕망이 지금의 나를 만든 것이 사실이다. 그런데 이 할아버지는 지금 내게 '만족'을 이야기하고 있는 것이다. 불현듯 성취의 도로 위에서 달리기를 멈추고 비로소 묻는다. 나는 어디에서 만족해야 하는가?

비단 나만 그런 건 아닐 것이다. 대부분의 사람들이 성취와 만족 사이를 오가며 인생을 산다. 이 두 극단의 삶을 가정해보자. 한쪽 끝은 만족을 추구하는 삶이고, 다른 쪽 끝은 성취를 추구하는 삶이다.

만족지향적인 삶은 지금 여기의 자신을 둘러싼 작은 기쁨을 소중히 생각하고 거기에서 행복을 느끼며 살아가는 삶이다. 종교인들이 대표적으로 만족지향적인 삶을 사는 이들일 것이다. 마음이 부자인 사람들이다. 권세나 물질은 비교적 적게 가졌을지 몰라도, 자신의 종교적 신념과 가까운 사람들과의 인간관계를 귀하게 여기며 일상의 행복을 추구한다. 비단 종교인이 아니더라도 우리 주변에는 작은 일상에서 기쁨을 찾고 하루하루를 즐겁게 살아가는 분들이 많다. 삶이 넉넉한 분들이다.

성취지향적인 삶은 '무엇이 되겠다'는 분명한 목표를 가지고 현재를 희생하더라도 그것을 이루기 위해 노력하면서, 그 목표에 가까워지는 데서 행복을 느끼며 살아가는 삶이다. 만족지향적인 사람들이 현재의 자신에게서 흡족함을 느끼려고 노력한다면, 성취지향적인 사람들은 오히려 지금의 자신에게 갈증을 느낀다. 더 잘하고 싶다는 갈망 말이다. 운동선수들이 대표적으로 성취지향적인 삶을 사는 이들일 것이다. 더 좋은 성과를 내기 위해 더 많이 연습하지 못하는 자신을 채찍질하는 사람들이다. 늘 목마른 이들이다.

만족지향적인 삶과 성취지향적인 삶, 어느 쪽이 더 바람직할까? 물론 앞서 말한 대로 조화가 필요하다. 너무 극단적이어서는 안 될 것이다.

지나치게 만족지향적인 삶은 공허할 우려가 있다. 인도에는 절대적인 가난에 시달리면서도 내세를 믿으며 지금 행복하다고 말하는 사람들이 있다. 아무리 '작은 일상에 만족할 줄 알아야 한다' 하지만 그들의 하루하루를 직접 보고 있으면 마음이 먹먹해진다. 지나치게 만족지향적인 삶은 자칫 무기력함을 불러온다.

그렇다고 성취지향적으로만 산다면 인생은 정말이지 각박해질 것이다. 재산이든 지위든 권력이든 탐욕스럽게 목표에만 골몰한 나머지, 인간관계나 건강처럼 정말 소중한 것을 잃어버리는 이들을 자주 본다. 학자들은 이런 사람들을 성취중독자 혹은 '배고픈 유령'이라고 부른다. 이런 사람들을 보면 역시 마음이 먹먹해진다. "도대체 무엇 때문에 그렇게 사는 건데요?" 하는 질문이 절로 나온다. 극단적으로 성취지향적인 삶은 자칫 메마른 삶으로 변질될 수 있다.

우리가 추구해야 할 바람직한 삶의 지향은, 이 둘의 '중간 어디

탐욕스럽게 목표에만 골몰한 나머지,
인간관계나 건강처럼 정말 소중한 것을
잃어버리는 이들을 자주 본다.
학자들은 이런 사람들을 성취중독자
혹은 '배고픈 유령'이라고 부른다.

지족구락知足久樂.
'만족을 알면 오랫동안 즐겁다.'

쯤'이다. 만족지향적인 삶과 성취지향적인 삶이 '적당히' 조화를
이룬 상태여야 할 것이다. 하지만 세상에 '적당히'처럼 어려운 것
이 또 있을까. 우리는 매일 이 질문 앞에서 고민한다. 지금 여기의
작은 만족을 추구하며 살 것인가, 내일의 성취를 위해 오늘을 희생
할 것인가. '어떻게 살아야 하는가' 하는 거창한 삶의 철학도 결국
은 '만족과 성취 사이의 어디에 균형의 추를 놓을까' 하는 문제다.

그렇다면 다시 한번 진지하게 생각해보자. 만족과 성취 사이의
조화와 균형을 어떻게 찾을 것인가?
사람마다 기질과 가치관이 다르고, 시대와 여건에 따라 추구하
는 이상이 다르므로, 이 질문에 대한 보편적인 해답을 찾기는 어려
울 것이다. 대체로 추운 나라 사람들이 더 성취지향적이고 더운 나
라 사람들이 더 만족지향적이라는 분석도 있다. 나는 나이에 따라
서도 그 균형점이 달라질 거라고 생각한다. 젊은 시기에는 어느 정
도 성취지향적일 필요가 있고, 나이가 들수록 만족을 찾을 줄도 알
아야 한다.
젊은 시기에 가급적 스스로를 다그치며 노력해야 하는 이유는
'가능성' 때문이다. 흔히 '자신이 좋아하는 일' '잘할 수 있는 일'을
하라고 하지만, 사실 자신이 무엇을 좋아하고 또 잘할 수 있는지를
어릴 때 깨닫기는 쉽지 않다. 우리가 그것에 대해 치열하게 시도해
보기 전까지는 말이다. 어느덧 나이 쉰이 넘은 지금, 친구들 중에

젊을 때 얘기하던 꿈대로 살고 있는 사람은 거의 없다. 물론 나도 그렇다. 그렇다고 젊은 꿈대로 살지 못해서 불행한 것도 아니다. 오히려 자신이 좋아하고 잘하는 일을 하는 친구는 행복해하고, 좋아하지 않는 일을 먹고살기 위해 하는 친구는 그다지 행복해하지 못한다.

그렇다. 자신이 잘할 수 있는 일이란, 꿈꾼다고 다가오거나 어느 날 내 앞에 툭 떨어지는 것이 아니라, 자신을 한계까지 밀어붙이며 시도한 끝에 비로소 만들 수 있는 것이다. 그래서 젊은 날에는 실패를 두려워하지 말고 자신이 할 수 있는 일들에 최선의 시도를 다하는 것이 중요하다. 이렇게 스스로를 다그쳐도 괜찮은 시기에 작고 소소한 일상에 일찍 만족해버리면 자기 가능성의 경계를 발견해내기가 어려울 것이다.

하지만 나이들어서까지 만족을 모르고 세속의 성취에 지나치게 골몰하는 것은 보기 좋지 않다. 흔히 나이든 자의 욕심을 '노욕老慾'이라고 하는데, 여기 가장 잘 호응하는 단어는 보통 '추하다'이다. 나이들어가면서는 작은 성취에서도 만족을 느끼며 스스로를 추스릴 수 있는 능력이 필요하다는 뜻일 것이다.

그럼 몇 살부터 성취보다 만족을 중요시해야 할까? 그건 육체의 나이보다 전술한 '가능성'의 문제에 달려 있다. 인생의 어느 시점에 이르러 자기 가능성을 확인한 뒤에는 가진 것들을 소중히 여기고 지켜나가는 것이 중요할 것이다. 사람마다 다르겠지만, '도전하느냐 지키느냐'의 경계에서 이 성취와 만족의 균형점은 바뀔 것이다.

젊을수록 성취에, 나이들수록 만족에 집중하는 성향이 필요한데, 지금 한국의 모습을 살펴보면 오히려 반대의 현상이 보이는 것 같다. 나이든 사람들이 여전히 성취지향적이고, 젊은이들은 너무 일찍 만족을 추구하는 것이다.

이 역설은 우리나라 고유의 역사적 경험에서 비롯한 것이 아닐까 싶다. 우리나라는 무척 성취지향적인 사회였다. 1960년대 초만 해도 1인당 국민소득이 100달러도 되지 않을 만큼 가난했기 때문에 지금의 기성세대들은 만족하려야 만족할 것이 없었고, 성취지향적으로 살지 않으면 이 절대빈곤에서 헤어날 수 없었다. 그래서 지금 50대 이상인 기성세대는 아직도 크건 작건 매사에 성취지향적인 사고를 하는 이들이 많다. 반대로 요즘의 젊은 세대는 한국의 경제 수준이 어느 정도 궤도에 오른 이후에 태어났다. 사회의 가치도 다원화되고 사회안전망도 과거보다는 더 확보되어 그토록 아등바등 성취지향적으로 살지 않아도 최소한 굶어 죽을 위험으로부터는 어느 정도 벗어나 있다. 삶의 질과 만족이 중요해지는 것이다.

우리는 무엇을 위해 이토록 달리고 있을까? 돈, 명예, 권력, 학벌, 안락, 쾌락, 그리고 행복…… 이런 목표에 대한 열망과 노력들이 우리의 지금을 만든 원동력이다. 하지만 그 성취를 위해 '조금만, 조금만 더'를 되뇌며 끝없이 오르다보면, 날개의 밀랍이 녹아 추락해버린 이카루스처럼 어느 한순간 추락하고 말 것이다.

아리스토텔레스의 『시학』에 '하마르티아'라는 개념이 있다. '비극적 결점tragic flaw'이라고 번역하는데 영웅적인 인물이 몰락하게 되는 결정적인 결점을 말한다. 그런데 많은 영웅들을 몰락시킨 것은 우연한 불운이 아니라, 바로 그들을 영웅으로 만들어준 바로 그 장점, 이를테면 성취욕이다. 다시 말해서 누군가를 몰락시키는 결점은 운명적 저주가 아니라, 그를 거기까지 이끌고 왔던 바로 그 장점이자 동력이라는 것이다. 아이러니하지 않은가!

치열하게 노력하면서도 적당한 지점에서 만족을 아는 중용의 현명함이 필요하다. 비유하자면 우리의 성취욕구는 자동차의 액셀러레이터이고 만족은 브레이크다. 액셀러레이터 없는 차는 움직이지 않고 브레이크 없는 차는 폭주한다. 결국 우리 인생의 여정은 성취와 만족이라는 액셀러레이터와 브레이크를 얼마나 잘 다

루느냐에 따라 완성된다.

당신의 경우는 어떠한가? 주변의 풍광을 즐기며 정속으로 안전 주행할 것인가, 극한의 스피드로 최단시간에 목적지를 향해 달려 갈 것인가? 아니면 교통사정이 좋을 땐 액셀러레이터를 밟아 스피 드를 즐기고, 도로가 정체될 땐 브레이크를 밟아 주변의 경치를 즐 기며 상황에 따를 것인가?

선택은 그대에게 달려 있다.

웅크린 시간도 내 삶이니까

3부

간절한 것들은 다 일어선다

간절함의
힘

1월 1일, 새해 첫날이다. 가족들과 덕담을 나누고 아침을 먹은 뒤 잠시 고민에 빠졌다. 2015년의 첫 외출은 어디로 할까? 길게 생각할 것도 없었다. 당연히 헬스클럽이다. 올해에는 열심히 운동하기로 몇 번이고 다짐하지 않았던가!

헬스클럽에 도착하니 직원 S군이 반갑게 나를 맞는다. 예전에 그는 다니던 대학을 그만두고 편입을 할지 구직활동을 시작할지 고민하며 나와 오래 이야기를 나눈 적이 있다. "새해 복 많이 받고 소원 성취하기를 바라요" 인사하고 로커 열쇠를 받아 들어가려는데 문득 궁금해져서 그에게 물었다.

"S군은 올해 소원이 뭐예요?"

그는 쉽게 대답하지 못하고 머뭇거렸다.

"글쎄요. 갑자기 물으시니 생각이 안 나네요."

나는 단호하게 말했다.

"그러면 안 되죠. 모름지기 신이 나타나서 소원을 물으면 10초 안에 세 가지를 대답할 수 있어야 한다고 했어요. 그래야 이루어진 다고. 지금부터 10초를 셀 테니 소원 세 가지를 말해봐요. 시작!"

"건강해지고…… 돈 많이 벌고……"

두 가지를 말하는 사이에 10초가 지났다. 운동을 마치고 내가 나올 때까지 한 가지를 더 생각해보라고 말해두고 나는 탈의실로 들어갔다.

왜 그럴까? 왜 10초 안에 세 가지 소원을 말해야 그 소원이 이루어진다는 걸까? 누군가 나에게 그 이유를 설명해주었는데, 그 순간 정말이지 '말 된다'고 생각했다. 그것은 바로 간절함 때문이다. 10초 안에 말할 수 있는 세 가지 소원이라면 늘 바라던 것이어야 한다. 소원이 무어냐고 물었을 때 비로소 생각하기 시작한다면 절실하지 않은 것이다. 절실하지 않은 소원이 쉽게 이루어질 리 없다.

간절함은 힘이 세다. 그 소망을 이루기 위한 결심들을 실천하게 해주기 때문이다. 학교에서 가끔 글쓰기 특강을 할 때 나는 '간절하게 글을 잘 쓰고 싶은' 학생만 남고 나머지는 나가도 좋다는 말로 수업을 시작한다. 글은 누구나 웬만큼은 쓸 수 있지만 '좀더' 나은 글을 쓰려면 부단히 노력해야 하기 때문이다. 어지간히 간절하지 않으면 따분한 글쓰기 연습을 계속할 수 없다. 무엇이든 실천하기가 제일 어려운데 지극히 간절해야 비로소 실천에 이를 수 있다.

누군가 10초 안에 세 가지 소원을 전부 얘기하면 나는 곧바로 다시 묻는다. 그 소원들을 이루기 위해 실천하고 있는 본인의 노력을 소원마다 한 가지씩 이야기해보라고, 역시 10초 안에. 여기에 대답하기는 생각보다 어렵다. 소원을 이루기 위한 구체적인 방법까지 10초 안에 말하는 사람은 아직 보지 못했다. 하지만 아무 일도 하지 않고서는 그 어떤 소원도 이룰 수 없다.

"같은 방법을 반복하면서 다른 결과를 기대하는 것은 미친 짓이다."

아인슈타인의 이 말은 과학실험뿐 아니라 우리 삶에도 고스란히 적용된다. 매일 똑같은 오늘을 반복하면서 다른 내일을 기대할 수는 없는 것이다. 새해에 솟아오르는 해를 보며 사람들은 소원을 빌지만, 그것을 이루기 위해 할 일에 대해서는 구체적으로 생각하지 않는 것 같다. 아무리 간절하게 기원하더라도 새로운 실천을 동

반하지 않는 간절함은 아인슈타인의 저 문장에 의하면 미친 짓일
뿐이다.

운동을 마치고 나오면서 그에게 다시 물었다.

"나머지 한 가지 소원은 생각해봤어요?"

"역시 취직하는 것이겠죠?"

그 말이 끝나기가 무섭게 나는 다시 물었다.

"S군의 소원은 건강해지고, 돈 많이 벌고, 취직하는 것이네요?
그럼 그걸 이루기 위해 올해 실천하려는 일을 한 가지씩만 얘기해
봐요. 역시 10초 안에!"

그는 다시 머뭇거렸다.

고개를 돌려, 이 글을 읽고 있는 그대에게 묻는다.

그대의 소원은 무엇인가? 10초 안에 세 가지를 말하라. 그리고
그걸 위해 무엇을 할 것인가? 다시 10초 안에 말하라.

간절함은 힘이 세다.

그러나 매일 똑같은 오늘을 반복하면서
다른 내일을 기대할 수는 없는 것이다.
새해에 솟아오르는 해를 보며
사람들은 소원을 빌지만,
그것을 이루기 위해 할 일에 대해서는
구체적으로 생각하지 않는 것 같다.
아무리 간절하게 기원하더라도
새로운 실천을 동반하지 않는
간절함은 미친 짓일 뿐이다.

엘리베이터에게
말 걸기
공감과
연민의 대화

　나는 지금 17층에 있고 1층으로 내려가고 싶은데 엘리베이터는 지하 1층에 있다. 무슨 단추를 눌러야 할까? 당연히 내려감(⇩) 단추를 눌러야 한다. 그런데 올라감(⇧) 단추를 누르는 실수를 할 때가 있다. 엘리베이터가 도착했을 때 '올라감' 단추가 깜빡이는 것을 보고서야 내가 잘못 누른 것을 깨닫는다.

　왜 잘못 눌렀을까? 지하 1층에 있는 엘리베이터에게 '올라와' 하고 명령하듯이 '올라감' 단추를 누른 것이다. 말이 나온 김에 생각해보자. 엘리베이터에게 뭐라고 하는 것이 좋을까? '나는 내려가고 싶구나'인가, '엘리베이터야, 빨리 올라와'인가.

'나'를 주어로 삼느냐, '상대'를 주어로 삼느냐는 소통의 핵심적인 문제이다.

"너는 왜 이렇게 지저분하니? 방 정리 좀 해라!"

"자네는 매번 늦는군. 좀 일찍일찍 다니면 안 되겠나?"

오늘 내가 아들에게, 어느 학생에게 했던 잔소리이다. 이 말들의 공통점은 무엇일까? '너', 그러니까 주어가 2인칭이다. 편의상 이를 '너-화법'이라 부르자.

이 말들의 주어를 1인칭으로 바꾼다면 어떨까? 마치 '나는 내려가고 싶다' 하고 엘리베이터 단추를 누르듯이 말이다. 이를 '나-화법'이라 부르자.

"나는 네가 방을 좀더 깨끗이 정리했으면 좋겠구나."

"나는 자네가 수업에 늦지 않았으면 좋겠네. 다른 친구들에게 방해되지 않게 말이야."

잔소리를 듣는 입장이라면 어느 쪽이 나을까? 당연히 후자, 즉 '나-화법'으로 된 말을 듣는 것이 덜 불쾌할 것이다. 이건 단순히 화술의 문제가 아니라, '비폭력 대화(NVC, Nonviolent Communication)'라 하여 "서로의 차이를 인정하고 갈등을 평화롭게 해결할 수 있게 해주는 소통방법"으로서 체계적으로 연구되고 있는 대화법이다. 비폭력 대화를 주창한 마셜 로젠버그는 우리가 서로 공감하고 연민할 수 있는 대화법을 사용한다면 견디기 힘든 상황에서도 인간성을 유지할 수 있다고 말한다. 그래서 이 대화법을 '연민의 대화Compassionate Communication'라고도 한다.[31]

이 연민의 대화법에 의하면, '너-화법'보다는 '나-화법'을 사용하는 것이 바람직하다. "A는 재수없는 애야"라고 하기보다 "나는 A가 이번 프로젝트에서 제 몫을 하지 않고 요리조리 피하는 것이 마음에 걸렸어"라고 하는 것이 좋다. '너는……' 혹은 '그는……'으로 대화를 시작하면 그 사람의 특성을 규정해버리게 된다. 듣는 입장에서는 몇 번의 실수로 '지저분한 사람' '게으른 사람' 혹은 '재수없는 사람'이 되어버린다. 이것은 비난이고 낙인찍기다.

하지만 '나-화법'으로 이야기하면 상대의 '존재'는 건드리지 않는다. 단지 그가 보인 언행에 근거해 나의 느낌을 얘기하고, 방 정리를 자주 하거나 프로젝트에 더 적극적으로 참여해달라고 당부하면 된다. 듣는 이의 기분을 상하지 않게 하면서 개선의 여지를 준다는 측면에서 더 바람직한 대화법인 것이다.

이처럼 비폭력 대화는 "상대방의 특성을 일반화하여 평가하지 않고 상대방의 구체적인 언행에 대한 나의 느낌과 욕구를 이야기하는 것"으로부터 출발한다. 그렇게 하면 원하는 바를 쉽게 얻으면서 갈등은 줄일 수 있다. 그럼에도 불구하고 많은 사람들이 이를 실천하지 못하는 이유는 상대방에 대한 '기대'가 있기 때문이다. '우리 가족을 생각한다면 그런 것은 말하지 않아도 당연히 해줘야지. 꼭 말로 해야 알까?' 하는 기대 때문에 차츰차츰 화가 쌓이다가 어느 날 "당신은 일의 노예야!" 하고 폭발해버리는 것이다.

하지만 우리는 표현하지 않으면 서로의 마음을 알 길이 없다. 짐작만 할 뿐이다. '나-화법'의 핵심은 그저 말을 '나'로 시작하는 것만이 아니라 나의 느낌과 부탁을 솔직하고 구체적으로 표현하는 일이다.

비폭력 대화의 백미는 이 연민의 대화법을 자기 자신에게도 적용시킬 수 있다는 것이다. 예컨대 다이어트를 시작한 지 며칠 만에 결혼식에 갔다가 뷔페에서 과식해버렸다고 하자. 이럴 때 '나는 왜 이렇게 의지가 약할까!' 하고 스스로를 심판하고 규정짓는 것은 좋지 않은 반성이다. 그날로 다이어트는 끝이다. 왜냐하면 '나는 원래 의지가 약한 사람'이니까. 반면 '오랜만에 맛있는 음식을 보니 먹고 싶은 욕구가 너무 강했나보다. 하지만 나는 여전히 날씬해지기를 원하고 있으니 다이어트를 계속하자'라고 스스로를 용서한다면 얼마든지 다시 시작할 수 있는 것이다.

어떻게 말할 것인가는 매우 중요하다. 말은 사람의 인성을 보여주는 척도이기 때문이다. 비폭력 대화는 타인과 원활한 관계를 유지하는 하나의 기술이면서 나의 마음을 다스리기 위한 사고방식이기도 하다.

그래서 일상에서 '비폭력 대화법'을 실천해보려고 노력하지만 쉽지 않다. 특히 흥분했을 때는 평소의 말버릇이 바로 튀어나온다. 갑자기 앞에 끼어든 차를 보고 "저놈 사이코잖아! 무슨 운전을 저따위로 하지?"라는 반응이 즉각적으로 나오지, "이렇게 갑자기 끼어드는 차를 보니 불쾌하군. 굉장히 바쁜 일이 있는 모양이야. 그래도 좀 천천히 운전해줬으면 좋겠는데……"라고 성인군자처럼 말하기는 쉽지 않다. 하지만 한번 더 생각해보면, 나는 보복운전을 할 생각도, 창문을 열고 소리칠 용기도 없다(설령 보복하거나 소리친들 또 무엇하랴!). 이런 상황에서는 그저 '나-화법'으로 생각하는 것이 결국 내 정서와 건강에 도움이 되는 법이다. '나-화법'의 비폭력 대화는 상대에 대한 자비가 아니라 스스로를 위한 것이다.

솔직히 말하자면 '나-화법'을 몸에 익히려고 하지만 여전히 마음처럼 되지 않는데다 그렇게 대화해야겠다는 사실조차 자꾸 잊는다. 그래서 생각해낸 게 엘리베이터 단추를 누를 때마다 말을 걸기로 한 것이다. 매일같이 비폭력 대화법을 상기하려고 말이다.

　'엘리베이터야, 너 빨리 올라와라'가 아니라, '엘리베이터야, 나는 내려가고 싶구나' 하고.

어떻게 말할 것인가는
매우 중요하다.
우리는 표현하지 않으면
서로의 마음을 알 길이 없다.
짐작만 할 뿐이다.

우리가 서로 공감하고
연민할 수 있는
대화법을 사용한다면
견디기 힘든 상황에서도
인간성을 유지할 수 있다.

우리, 서로에게
수고했다는
말 한마디

그 남편의 속사정

결혼기념일을 맞아 아내와 외식을 하기로 했다. 어디로 갈까? 인터넷 검색도 해보고 지인의 추천도 받아봤지만 역시 가본 곳이 안전하겠다 싶어 언젠가 학회 모임을 했던 괜찮은 레스토랑을 예약했다. 아내와 로비에 들어서는데 실내장식이 꽤 근사하다. "어때?" 하고는 으쓱하며 소감을 물었는데 아내의 첫마디는 이랬다. "오, 이렇게 비싼 데를 도대체 누구랑 왔던 거야?"

순간적으로 당황한 나는 예전에 있었던 학회 모임에 대해 더듬더듬 얘기했지만 막상 아내는 귀담아듣지 않았다. 나중에 동료 여교수에게 이날의 일을 이야기했더니 "그건 그냥 해보는 '아내들의 상투어'일 뿐인데 왜 신경을 쓰세요?"라고 한다.

하지만 내 속에 낭패감이 여전히 남았던 모양인지 그날 이후 외식을 할 때는 선택을 아내에게 맡긴다. 겉으로는 아내의 결정을 존중하는 민주적인 남편으로 보이지만 속내는 그렇지 않다. 상투어든 야단이든 '한소리'를 듣고 싶지 않아서다. 그날 아내가 짧은 한마디로라도 좋은 식당을 찾아낸 내 안목을 칭찬해줬다면, 감동한 '척'이라도 했다면, 나는 신이 나서 새로운 맛집을 계속 찾아냈을 것이다. 칭찬 한마디를 듣지 못해 '장소는 자기 좋을 대로 해'를 반복하는 나는 참 속이 좁다.

그 아내의 속사정

요즘 요리 프로그램이 부쩍 많아져서인지 아내가 새로운 요리를 시도했다. "이거 텔레비전에서 유명한 셰프가 만들었던 거야." 맛이 나쁘지는 않았지만 그렇다고 대단한 맛도 아니었다. 더구나 나는 그 셰프가 좀 별로라고 생각하고 있었기 때문에 솔직하게 이야기했다. "음, 뭐, 그냥 그렇네……"

그날 이후 그 요리를 비롯해 다른 새로운 요리가 식탁에 올라오지 않는다. 뒤늦게 생각해보니 나도 잘못하긴 했다. 맛집 소개 프로그램에 나오는 리포터만큼은 아니더라도 '텔레비전에서 볼 때는 별로던데 당신이 해주니까 맛있네!'라고 호응 한마디 해주었다면 좋았을 것이다. 하지만 그날 음식 칭찬을 하지 않았다고 해서 늘 비슷한 음식만 내놓는 아내도 너무했다.

그 아이의 속사정

백 점 맞기[32]

진현정

엄마가 얘기했지?
문제는 천천히 읽고
다 풀고 다시 한번 검토하라고.
한 문제 안 틀리는 거
그게 실력이니까
절대 실수하지 말라고
그랬니 안 그랬니?
정신 똑바로 안 차리니까
이 모양이지
꼭 한 개씩 틀리잖아.
몇 번을 말해야 알아듣겠니?

근데 너 왜 울어?

　시험 문제를 딱 하나 틀린 것은 대단한 일인데 엄마는 야단을 치고 있다. 물론 엄마도 그걸 모르지 않는다. 더 잘하기를 바라는 마음에 "다 너 잘되라"고 하는 상투적인 야단인 것이다. 나 역시 꽤

나 공부를 잘하는 둘째아들을 칭찬한 적보다 야단친 적이 더 많다. 물론 방심하지 말고 다음에 더 잘하라는 취지였지만, 내가 잘못했다. 미안하다, 아들아.

하지만 이렇게 꾸중을 들었다고 해서 '다음에는 꼭 문제를 천천히 읽고, 다 풀고 다시 한번 검토해서 백 점 맞아야지!' 하며 결의를 불태울 아이가 있을까? '한 개밖에 안 틀렸네' 하고 칭찬받았다고 해서 '하나 틀려도 칭찬받는구나. 다음부터는 두 개 틀려봐야지!' 하는 아이가 있을까? '다음에는 꼭 백 점을 맞아서 더 큰 칭찬을 들어야지' 하는 아이가 더 많지 않을까?

그러므로 칭찬합시다

칭찬을 받아본 지 참 오래됐다. 어릴 때는 시험을 잘 보면 부모님에게 칭찬을 들었고, 교내 합창대회에서 우승해 담임선생님께 크게 칭찬받았던 기억도 남아 있다. 하지만 그 이후로는 누군가에게 칭찬을 들어본 적이 별로 없다.

칭찬을 해본 지도 오래됐다. 앞서 고백한 것처럼 아내나 아이들에게는 물론이고, 내 지도학생들에게도 칭찬에 인색해진다. 논문을 잘 썼을 때 "그래, 참 잘 썼다. 수고했다" 한마디 해주면 좋으련만 웬일인지 그 한마디가 쉽지 않다. 우리 사회 역시 마찬가지다. "여러분, 수고하셨습니다. 여러분 덕분에 매출 100억을 달성했습니다!"라는 말보다 "여러분, 위기입니다. 격심해지는 글로벌 경쟁

절대 실수하지 말라고
그랬니 안 그랬니?
정신 똑바로 안 차리니까
이 모양이지
꼭 한 개씩 틀리잖아.
몇 번을 말해야 알아듣겠니?

근데 너 왜 울어?
_진현정, 「백 점 맞기」 중에서

속에서 우리 회사 매출이 100억에 그쳤습니다!"라는 말이 훨씬 흔하다. 뭐, 맨날 위기고, 맨날 잘못했단다. 칭찬이 사라진 사회다. 그 빈자리를 실체 없는 불안과 상투적인 야단들이 메우고 있다.

우리는 야단을 쳐서 상황을 개선할 수 있다고 착각하고 있다. 야단은 나쁜 행동을 금지시키는 데만 유용하다. 좋은 행동을 이끌어내기 위해서는 칭찬이 효과적이다. 아이가 나쁜 버릇을 반복하거나 사원이 규정을 어겼을 때, 따끔하게 야단치고 벌을 주면 그 행동을 줄이는 데 도움이 된다. 하지만 아이에게 인사를 잘하게 하거나 사원의 능률을 높이고 싶을 때, 야단치는 것은 별 도움이 되지 않는다. 오직 칭찬만이 그것을 가능하게 한다. 그러니 남편이 좋은 식당을 자주 예약하도록, 아내가 새롭고 맛있는 요리를 계속 선보이도록, 아이가 공부를 더 열심히 하도록 만들고 싶다면, 칭찬 외에 더 좋은 방법은 없다.

『천 번을 흔들려야 어른이 된다』라는 책에서 나는 가족관계란 '작은 말로 쌓는 탑'이라고 쓴 적이 있다. 그 작은 말 중에 제일은 칭찬이다. 지금 우리 모두에게 필요한 것은 고마워요, 잘했어요, 수고했어요 같은 작은 칭찬 한마디가 아닐까. 살면서 칭찬받는 일은 생각보다 쉽지 않으니 일단 남을 칭찬하는 일부터 시작해보자. 우리가 가장 열심히 칭찬해야 하지만 인색하게 대해왔던 가까운 사람들부터 말이다.

저렴한 인정,
과장된 행복
우리가 진짜 살아내야 할 곳은
어디인가

　1980년대 말, 대학원생일 때 처음 본 컴퓨터는 단지 새로운 기계가 아니었다. 새로운 세상이었다. 스마트폰이 등장했을 때의 충격은 그 배가 되었다. 이 탐욕스러운 작은 기계가 벌써 얼마나 많은 것들을 먹어치웠는지 손에 꼽기조차 힘들다. 게임기, MP3 플레이어, 시계, 카메라, 신문, 텔레비전, 다이어리, 사전, 그리고 요즘에는 지도까지.

　스마트폰으로 할 수 있는 일이 정말 많지만, 이중에서 우리 삶을 가장 많이 바꿔놓은 것은 SNS다. 앞서 언급한 다양한 기능들이 우리의 삶을 더욱 '편리'하게 해주었다면 SNS는 우리 삶을 질적으로 '변화'시켰다. 유독 SNS의 영향력이 강한 이유는 이것이 사람 사이의 '관계'에 관한 것이기 때문이다.

참 대단하다. 한 뼘도 안 되는 이 작은 기계를 통해 지구 반대편에 있는 사람과도 실시간으로 소통할 수 있다니. 우리는 맛있는 음식을 먹거나, 신기한 장면을 보거나, 유명한 사람을 만났을 때, 어김없이 스마트폰을 꺼내들고 사진을 찍어 SNS에 올린다. 그러고는 친구들의 '좋아요'를 기다린다. 데이트하는 두 젊은이가 마주앉아 각자 자기 스마트폰에 몰두하는 모습은 이제 커피숍마다 흔한 풍경이 됐다.

우리는 왜 SNS에 빠져들까? 왜 내가 올린 글의 '조회 수'와 '좋아요'에 민감해지는 것일까? 답은 간단하다. 다른 사람들에게 인정받고 싶기 때문이다.

인정에 대한 욕구는 매우 근원적인 것이다. 철학자 헤겔은 인정 욕구는 먹고 자는 자연적 욕구만큼이나 강렬하고 중요하다고 주장했다. 그래서 다른 사람에게 인정받지 못하면 누구나 고통스럽고, 또 사회적 인정은 자신의 생존을 위한 필수적인 기반이기 때문에 사람들은 승인을 위해 목숨 건 싸움을 벌인다고 했다. 소위 '인정투쟁'이라는 것이다.[33]

이렇게 어려운 말까지도 필요 없다. 우리가 밥값을 아껴가며 모은 돈으로 비싼 브랜드 제품을, 안 되면 '짝퉁'이라도 구매하고자 하는 것은 다른 사람으로부터 인정받고 싶기 때문이다. 자신을 치장하는 것도, 명문대학이나 대기업에 들어가려는 것도, 훌륭한 예술작품을 남기고 싶어하는 것도 역시 그 근원은 타인의 인정을 얻고자 하는 욕망에서 출발한다.

그렇다. 인정욕망은 인간을 움직이는 핵심 동력의 하나다. 인정욕망을 너무 뜨겁지도 차갑지도 않게 활용해나갈 때, 우리는 성장할 수 있다. 요즘에는 SNS가 사람들의 인정욕망을 충족시켜주는 새로운 도구로 떠올랐다. 어차피 받아야 할 인정이라면, 그것이 오프라인이든 온라인이든 무슨 상관이 있겠는가. 더구나 SNS를 통하면 훨씬 쉽게 타인의 인정을 받을 수 있다. 그렇다면 더욱 잘된 일이 아니겠는가? 하지만 그렇지만은 않다. 쉬워도 '너무 쉬워서' 문제다.

SNS를 통해 인정욕망을 충족시키는 것은, 허기진 오후 정크푸드로 배를 채우는 것과 비슷하다. 인공감미료가 잔뜩 들어가 한 번 먹으면 자꾸 손이 가는 이 음식은 높은 열량에 비해 영양가는 별로 없다. 소파에 누워 중독적으로 집어먹는 감자칩처럼 큰 노력을 들이지 않아도 욕구를 충족시켜주는 SNS의 인정들은 쉽게 얻어지고 쉽게 소멸된다.

그래서일까. SNS는 '시간(S) 낭비(N) 시스템(S)의 준말'이라는 농담도 있고, 영국의 축구팀 맨체스터 유나이티드의 퍼거슨 전 감독은 'SNS는 인생의 낭비'라고 말하기도 했다. SNS 때문에 시간이 낭비되는 것보다 더 심각한 문제는 인생의 중요한 동인인 인정의 욕망을 엉뚱한 곳에서 너무 저렴하게 대리만족해버린다는 점이다. 정작 인정욕구가 필요한 곳에서는 제대로 발휘하지 못한 채 말이다.

어렵게 '득템'한 물건, 화려하게 플레이팅된 음식, 남들이 쉽게 찾지 못하는 '핫플레이스'를 누렸다는 사실은 손쉽게 인정욕망을 충족시켜주지만, 인생의 '진짜 성장'에 필요한 시간과 노력을 허비하게 함으로써 오히려 우리 삶을 '정신의 고도비만'으로 이끈다. 이렇게 얻어낸 SNS에서의 인정이 사람을 행복하게 하는 것 같지도 않다.

펜실베이니아 대학에는 '펜 페이스penn face'라는 말이 있다고 한다. 힘들고 슬플 때조차 행복하고 자신 있는 척 행동하는 것을 일컫는 말이다. 또 스탠퍼드 대학에서는 오리 신드롬duck syndrome이라는 용어도 생겼다. 겉으로는 우아한 모습을 보이지만 속으로는 아등바등하는 학생들을 수면 밑에서 쉼 없이 발을 젓는 오리에 비유한 것이다. 뉴욕타임스는 미국의 명문대생들 중 "여유 있게 살고 있는 친구들에게 아등바등하는 모습을 내보이고 싶어하는 사람은 아무도 없다. 아무리 힘들고 좌절하더라도 남들에게는 긍정적인 면만을 내보이게 된다"고 보도하고 있다.

문제는 다들 이러한 불안을 느끼면서도 함께 고민을 털어놓고 위로받기보다는 여전히 근사한 모습을 보여주기 위해 안간힘을 쓴다는 사실이다. 이는 '나만 행복하지 않고, 나만 뒤처져 있는 것은 아닌가' 하는 상호 간의 불안을 극대화시킬 뿐이다.

타인의 삶이 근사해 보이는 '착시'는 소셜미디어 때문에 좀더 확대된 측면이 있다. 소셜미디어는 인생 전체가 아닌 선택된 한 장면만 보여주기 때문이라고 뉴욕타임스는 분석했다. 코넬 대학 상담센터장 그레고리 엘스는 "소셜미디어가 학생들로 하여금 '다른 친구들은 큰 어려움 없이 행복하게 지낸다'는 생각을 갖게 하는 주요 원인"이라고 말했다. 소셜미디어와 현실은 대조적일 수 있는데도 다른 사람의 삶은 마냥 멋져 보인다는 것이다.[34]

불행은 자기 자신의 모습 그 이상을 스스로에게 혹은 남에게 '보여주고자' 할 때 시작된다. 자기 자신의 실제 모습 이상을 스스로에게 보여주려는 것을 허영이라 하고, 타인에게 보여주려는 것을 오만이라고 한다. 자기 이상이 '되기' 위한 노력과 자신 그 이상을 '보여주기' 위한 노력은 하늘과 땅 차이이다. 더 나은 내가 되려고 노력하는 것은 겸손을 부르지만, 그 이상을 보여주려고 애쓰는 것은 불안을 부른다. 언제 민낯이 드러날지 모른다는 불안.

그런 면에서 SNS에 자기 삶의 가장 멋진 장면만을 올리는 '은근

불행은 자기 자신의 모습 그 이상을
스스로에게 혹은 남에게
'보여주고자' 할 때 시작된다.
자기 이상이 '되기' 위한 노력과
자신 그 이상을 '보여주기' 위한 노력은
하늘과 땅 차이다.
더 나은 내가 되려고 노력하는 것은
겸손을 부르지만,
그 이상을 보여주려고 애쓰는 것은
불안을 부른다.
언제 민낯이 드러날지 모른다는 불안.

한 자랑질'은 남들에게 보여주는 자신과 진짜 자신 사이에 매인 외줄을 타는 곡예인 셈이다. 줄 위에서는 '떨어질지 모른다'는 공포에 시달려야 하고, 줄 아래에서는 '타인의 시선 위로 올라가고 싶다'는 갈망에 시달려야 한다. 위험하면서도 서글픈 곡예다.

이 '스마트'한 시대에 SNS와 아예 담을 쌓고 살 수는 없다. 문제는 이를 현명하게 사용해 인생을 얼마나 행복하게 만들 수 있는가 하는 것이다. 우리는 각자의 인생 속에서 진정으로 인정받고 성장해야 한다는 것을 잊어서는 안 된다. 그대가 인생에서 얻어야 할 참된 인정은 스마트폰 속에 있지 않다. 제주시의 맛집을 알려줄 온라인 속 친구는 1만 명이 넘는데, 현실에서 어깨를 내어주며 당신의 고민을 밤새 들어줄 이가 한 명도 없다면 그 '좋아요'의 의미는 얼마나 무색한 것인가.

당신이 진짜 살아가고 가능성을 펼쳐야 할 세상은 스마트폰보다 훨씬 넓고 크다. SNS가 아니라, 인생에서 인정을 구하라.

나는 나에게서
도망칠 수 없다
바쁠 때
더 나태해지는 병

    책장을 정리했다. 밤 10시까지는 반드시 원고를 넘기겠다고 출판사와 철석같이 약속을 해놓은 터라 여유가 없었는데 문득 책장의 책들이 무질서하게 꽂혀 있다는 생각이 들어 컴퓨터를 켜놓은 채로 팔을 걷어붙였다. 버릴 책과 간직할 책을 나누고, 남길 책을 다시 주제별로 분류한 다음 당장 읽을 책과 당분간 보관할 책으로 구분하려고 하니 책도 많거니와 어디에 꽂을지 고민도 돼서 여간 오래 걸리는 일이 아니었다.

    '바빠 죽겠는데 내가 지금 왜 이러고 있지?'

    생각이 여기에 미치자 나 자신이 한심해진다. 학창 시절, 시험 범위가 엄청나게 넓었던 어느 기말고사 전날 밤에 무턱대고 CD를 정리하기 시작했던 것이 떠올랐다. 왜 나는 정작 급하고 중요한 일을 코앞에 두고 엉뚱한 짓을 하는 걸까?

도망갔던 것이다.

내가 당장 뛰어들어야 할 중요한 일들은 마감이 닥친 원고 쓰기, 기말고사 공부였다. 하지만 어렵고 방대해서 시작할 엄두는 나지 않고, 그렇다고 아무 일도 하지 않으면 죄책감이 들기 때문에 평소에 미뤄뒀던 '약간 중요한 일'로 도망갔던 것이다. 책장이나 CD를 정리하는 일로 말이다. 덜 중요한 무언가에 몰두한 사이에는 적어도 '정말 중요한 일'을 미루고 있다는 마음의 짐을 내려놓을 수 있었으니까.

기억을 더듬어보면 나는 자주 도망쳤다. 언젠가 학교 일로 법적 조치를 취해야 할 때도 누군가에게 피해 줄 것이 마음에 걸려서 다른 방법을 알아보겠다고 인터넷 검색에 하루를 다 쏟아부은 적이 있다. 가슴에 통증이 느껴져서 정밀검진을 받아야겠다고 생각하면서도 엄두가 나지 않아, 점심 먹고 산책 한번 하는 것으로 스스로를 달랬다. 반드시 해야 하지만 선뜻 실행에 나설 수 없는 마음의 숙제를 안고 있을 때, 나는 자주 '약간 중요한 일'로 도망쳤다.

그대는 어떤가?

지금 이 순간, 그대에게 가장 시급하고 중요한 일은 무엇인가? 그것을 하고 있는가, 미루고 있는가? 아니면 약간 중요한 일로 피신해 스스로를 위안하고 있는가?

   흘러가는 물이 웅덩이를 만나면 그것을 다 채우기 전까지는 더 이상 앞으로 나아가지 못한다.

   그대에게 가장 중요한 일을 먼저 하라, 지금 당장.

왜 나는 정작 급하고 중요한 일을
코앞에 두고 엉뚱한 짓을 하는 걸까?

도망갔던 것이다.

덜 중요한 무언가에 몰두한 사이에는 적어도
'정말 중요한 일'을 미루고 있다는
마음의 짐을 내려놓을 수 있었으니까.

그대는 어떤가?
지금 이 순간, 그대에게
가장 시급하고 중요한 일은 무엇인가?

그대가 몇 살이든,
무엇을 꿈꾸든
공부 열심히 하라는 잔소리

여덟 살의 꿈³⁵

부산 부전초 1학년 박채연

나는 ○○ 초등학교를 나와서
국제중학교를 나와서
민사고를 나와서
하버드대를 갈 거다.
그래 그래서 나는
내가 하고 싶은
정말 하고 싶은

미용사가 될 거다.

　동시를 종종 읽는다. 특히 어린이들이 직접 쓴 시가 좋다. 세계를 보는 그들만의 시선에는 우리 어른들이 놓치고 있는 세상의 진짜 모습이 담겨 있다. 어린이는 어른의 거울이다.
　이 시가 특히 짠했다. 이 여덟 줄짜리 시는 여덟 살 어린이의 꿈과 부모의 소망 사이에 놓인 메울 수 없는 간극을 보여준다. 아이는 부모의 뜻대로 명문학교에 가겠지만 꿈만은 자신의 것을 좇겠다고 말한다. 대단한 순종과 더 대단한 반항을 함께 보여준다.
　시의 행간에는 미용사의 꿈을 이루는 데 입시 위주의 교육이 무슨 필요 있겠느냐는 야유가 보이지만, 어쩌면 이 시는 성공한 미용사가 되기 위한 최적의 해법을 제시하고 있다고 뒤집어 읽을 수도 있다. 다시 말해서 궁극의 미용사가 되기 위해서는 공부가 꼭 필요하다고 말이다. 대한민국에서 가장 성공한 미용사라고 불러도 손색없을 준오헤어의 강윤선 대표를 알게 된 이후에 든 생각이다.

　책을 내고 나면 아무래도 강연을 자주 하게 된다. 저자의 강연만큼 효과적인 책 홍보도 없다는 생각에, 내 책을 알리기 위해 동분서주하는 출판사 직원들을 보고 있자면 내키지 않는 강연일지라도 되도록 자주 해야겠다고 마음먹는다. 내가 매년 책을 낼 때마다 거르지 않고 강연 요청을 해오는 회사가 있다. 바로 준오헤어다.

맨 처음 강연을 의뢰받았을 때는 조금 의아했다. '헤어디자이너들이 내 책을?'

이런 편견은 교육장에서 완전히 깨져버렸다. 좁은 강당을 가득 메운 미용사들은 서울대 학생들이나 대기업 임원들보다도 더 진지하고 적극적인 자세로 강의에 임했다. 연사는 청중의 반응을 먹고 산다. 이후로 아무리 바빠도 준오헤어에서 요청하는 강연은 꼭 간다.

독서경영은 준오헤어 강윤선 대표의 철학이다. 벌써 20년째 전 직원이 한 달에 한 권씩 의무적으로 책을 읽는다. 책을 읽고 사유하는 수준이 높아지면 미용기술은 물론 자아실현의 가능성도 높아지기 때문이라고 한다. 독후감 쓰는 것이 싫어서 퇴사하는 직원이 나와도 절대 포기하지 않았던 원칙이라고 하니, 대표의 뚝심도 대단하다.

책 쓰는 사람의 속단일 수 있지만, 나는 준오헤어가 100개 넘는 직영점과 2500명 넘는 직원을 거느린 국내 최고의 미용 브랜드로 자라난 비결이 바로 여기에 있다고 생각한다. 그들은 공부를 한다. 흔히 훌륭한 미용사의 자질 중에 미용기술이 가장 중요하다고 생각하지만, 미용기술은 성공적인 미용실을 일궈가기 위한 수많은 조건 중의 '하나'일 뿐이다. 다양하고 창의적인 방법으로 고객을 만족시키고, 효율적으로 직원들에게 동기를 부여하고 업무를 관리하며, 마케팅 플랜을 짜고, 운영에 필요한 갖가지 법률 계약·회계·세무지식을 익혀야 한다. 최신 미용 트렌드와 기술을 배우자면 학생 때 못지않은 학습능력도 필요할 것이다. 미용기술만으로는 도저히 해결할 수 없는 일이다.

비슷한 이유로 나는 중고등학교 학생들을 상대로는 여간해서 강연하지 않는다. 사실 10대들에게는 "네가 무엇을 꿈꾸든 지금은 힘들고 고단하더라도 공부 열심히 하라"는 말을 빼놓을 수가 없는데, 내가 막상 그렇게 말하면 다들 실망하기 때문이다. 한번은 둘째아들이 다니던 학교에서 간곡히 부탁하여 중3 학생들을 대상으로 특강을 한 적이 있었다. 그날 저녁 아들 친구의 엄마가 "그래서 강의 내용이 뭐였니?" 하고 물었더니 그 집 아들이 어두운 얼굴로 "그냥 공부 열심히 하라고 하던데요" 하며 문 닫고 들어가버렸다고 한다. 그 얘기를 듣고 나는 한참 웃었다.

이 글을 혹시 중고등학교 학생들이 읽는다면, 아 란도샘도 어쩔 수 없는 선생님이었구나, 하고 또 실망할지 모르겠다. 하지만 중요한 것은 요리사나 미용사가 되고 말고가 아니라 그 직업을 통해 '훌륭한 인생'을 사는 것이다. 훌륭한 인생을 살기 위해서는 독서가 됐건 대학 진학이 됐건 공부가 필요하고, 그 공부는 학습능력이 높고 가능성이 많은 젊은 시기에 할수록 좋다.

공부 열심히 하라는 말도 지겹고
또 지겨운 클리셰일 것이다.
그러나, 그럼에도 불구하고,
나는 말하고 다닌다.
학생은 물론, 인생학교에서 평생
자신의 길을 찾아가는 모든 사람들에게
'공부'는 계속해야 할 숙제이므로.

"공부 열심히 해라,
그대가 몇 살이든, 무엇을 꿈꾸든"

얼마 전 심야 라디오에서 자메즈라는 래퍼가 '옳은 말들은 클리셰가 많다'고 한 말에 고개를 끄덕였던 기억이 난다. 공부 열심히 하라는 말도 지겹고 또 지겨운 클리셰일 것이다.

그러나, 그럼에도 불구하고, 나는 말하고 다닌다. 그것은 부정할 수 없는 사실일 것이므로. 학생은 물론, 인생학교에서 평생 자신의 길을 찾아가는 모든 사람들에게 '공부'는 계속해야 할 숙제이므로.

"공부 열심히 해라, 그대가 몇 살이든, 무엇을 꿈꾸든."

내 아이에게
단 한 가지만
욕심낼 수 있다면

나의 청소년기를 돌이켜봤을 때 가장 후회되는 일을 하나 꼽으라면 단연 '좋은 책을 많이 읽지 못한 것'이다. 교수라는 직업을 갖게 되어 비교적 많은 책을 읽으면서 꾸준히 책도 쓰고 있지만, 고백건대 아직도 지성의 부족을 느낀다. 그 원인을 따지고 들어가면 역시 청소년기의 독서 부족에서 시작한다. 아, 그때 좋은 책들을 좀더 많이 읽었더라면!

그때 못 읽은 책들은 지금이라도 읽을 수 있다. 하지만 같은 책을 읽더라도 지적 호기심이 왕성하고 감성과 가치관이 형성되는 예민한 시기에만 누릴 수 있는 즐거움과 중년이 되어 느끼는 재미는 사뭇 다르다. 어렸을 때 책을 좀더 읽었다면, 지금의 나는 얼마나 더 지혜롭고 풍요로울 것인가!

대한민국 학생들은 전 세계에서 공부량이 많기로 유명하지만, 제대로 된 독서량은 턱없이 부족하다. 입시 준비하느라 책 읽을 시간도 부족하다는 것이 표면적인 구실이다. 교과서와 참고서에 허덕이는 학생들이 쉬는 시간에마저 책을 읽고 싶지는 않을 것이다. 나 역시 입시 공부에 질려서 책이라면 지긋지긋했다. 요즘에는 컴퓨터와 스마트폰이 있어 훨씬 자극적인 재미가 24시간 손에서 떠나지 않으니 책 읽기는 더욱 요원하다.

　나는 트렌드를 연구하는 사람이다. 기술의 발전으로 새로운 것이 등장해 옛것이 사라지는 현상을 수없이 보아왔다. 사그라지는 과거에 연연하지 말고 불가피한 변화를 적극적으로 수용하자고 강조하는 것이 내 업業이다. 80년대 청춘의 필수품이었던 '워크맨'도 MP3플레이어가 나오자 흔적도 없이 멸종해버렸고, MP3플레이어도 몇 년 지나지 않아 스마트폰에 밀려 사라져버렸다. 이런 일이 뭐 한두 가지인가!

　책은 어떨까? 온갖 지식이 가상공간에 존재하고 그걸 터치 몇 번으로 불러낼 수 있는 세상에, 비싸고 무겁고 불편한 종이책 역시 멸종되어야 마땅할까? 결론을 먼저 얘기하면 그렇지 않다. 시대가 흐를수록 책의 가치는 더욱 소중해질 것이다. 누구든 조각난 정보를 언제 어디서나 얻을 수 있는 사회에서는 정보 자체보다 그것을

엮고 그 너머를 볼 수 있는 지성이 중요한데, 이를 길러주는 도구
는 여전히 책에 견줄 것이 없기 때문이다.

"하버드 졸업장보다 소중한 것은 독서습관이었다."

마이크로소프트를 창업하고 전 세계에 디지털 시대를 연 빌 게이
츠는 대학을 중퇴했지만 늘 책을 끼고 사는 책벌레였다고 한다. 자
신을 키운 것은 하버드가 아니라 동네 도서관이었다고 그는 말한
다. 일본 IT 업계의 황제라 불리는 손정의 소프트뱅크 회장도 마찬
가지다. 젊어서 만성간염으로 시한부 판정을 받고 3년 남짓한 입
원 기간 동안 읽었던 책들이 이후의 자신을 먹여살렸다고 말한다.
대단한 역설 아닌가! 동서양 디지털 왕국의 황제들이 하나같이
책을 예찬하고 있으니 말이다. 이것은 사실 역설이 아니라 필연이
다. 전자 매체의 활자들은 읽는 사람을 들뜨게 한다. 언제든지 다
른 주제로 달아날 마음을 먹게 한다. 하지만 종이책은 읽는 이를
집중하게 한다. 한 주제에 천착하고 거기서 끝장을 볼 수 있는 몰
입의 힘을 길러준다. 따라서 미래 디지털 사회에서는 필연적으로
과거 어느 때보다도 책을 읽어내는 능력, 즉 몰입의 역량에 따라

성공이 좌우될 것이다.

디지털 기술이 확산되는 시기에는 디지털 격차^{digital divide}에 따라 기회가 차별되지만, 이 확산이 끝나가는 시점에서는 도리어 책과 같은 매체를 얼마나 익숙하게 다룰 수 있느냐 하는 아날로그 격차 ^{analogue divide}로 그 차별점이 환류할 것이다. 달리 표현하면, 미래 사회 에서 다른 조건이 일정하다면 책을 가까이 하는 사람이 성공할 확 률이 높다. 디지털 세대일수록 아날로그 매체와 가까워져야 한다.

"트렌드를 잘 읽으려면 어떻게 해야 하나요?"라는 질문을 받을 때마다 내 대답은 항상 같다. 종이신문을 열심히 볼 것. 그럼에도 불구하고 이를 실천하는 젊은이들은 많지 않은 것 같다. 종이신문 이라는 인터페이스에 익숙지 않아서 그렇다는 게 내 해석이다. 인 터페이스란 매체와 인간 사이의 교감 방식을 뜻한다. 책도 마찬가 지다. 차분히 앉아 활자들을 읽어내려가는 정적인 행동이 동적이 고 즉각적인 요즘 세대에 어울리지 않는 것이다.

그렇기 때문에 디지털 시대일수록 독서지도가 중요한 의미를 갖는다. 어릴 때 익숙해지지 않으면 평생 책을 가까이하기가 힘들 다. 그렇다면 어떻게 우리 아이들에게 독서의 즐거움을 느끼게 할 수 있을까?

먼저, 어떤 책을 읽을지 본인이 결정하게 한다. '논술 대비 필독서' '청소년 세계문학전집'을 1번부터 읽게 하지 말자. 억지로 읽히고 독후감을 쓰게 하고 시험을 치게 하더라도 아이가 스스로 읽고 싶은 마음으로 책을 펼쳐들지 않았다면, 그 독서에는 한계가 있을 수밖에 없다. 함께 서점으로 가 아이가 손을 뻗는 책들을 지켜봐주자.

독서에 목적을 부여하면 아이들은 책에서 멀어진다. 어떤 '목적을 위해' 책을 읽게 하지 말자. 독서에는 '목적적 독서'와 '여가적 독서'가 있다. 전자는 지식 습득 등의 목적을 위한 것이고, 후자는 소일과 재미를 위한 것이다. 이미 우리 아이들은 목적적 독서를 차고 넘치게 하고 있다. 독서의 즐거움은 아무런 목적 없이 집어든 책에서 온다.

조기교육으로 유명한 우리나라이지만 어려운 책을 일찍 접하는 것은 좋지 않다. 과유불급過猶不及의 유래를 아는가? 모내기를 마친 농부가 벼를 더 빨리 자라게 하기 위해 키를 높인다고 모를 일일이 뽑아올리는 바람에 벼가 전부 말라 죽어버린 데서 온 말이다. 모를 뽑아올리는 농부가 되지 말자. 일찍 시작하는 것보다 나중에 잘하는 것이 중요하다. 어릴 때야 부모님이 무서워 계속하겠지만 더이상 강제할 수 없는 시점이 오면 아이는 이때다 싶어 그만두고는 다시는 쳐다보지 않을 것이다.

대입 논술이 생기고 나서는 고전문학과 성인용 도서를 청소년용으로 각색한 전집들이 나오고 있는데 이것 역시 좋지 않다. 고전이 인류에게 칭송받는 이유는 인간의 본질에 대한 생생한 묘사와 깊이 있는 고찰 때문이다. 하지만 청소년용으로 각색된 고전들은 치밀한 묘사, 성적인 부분, 청소년이 이해하기 어려운 갈등 등을 제거하거나 완화시켜버린다. 고전의 핵심은 거기에 있는데, 그걸 빼고 읽으라는 건 짜장 없이 짜장면을 먹으라는 것과 같다. 그러므로 아이의 수준에 맞는 고전을 축약하거나 각색하지 않은 원본 그대로 읽게 하는 것이 가장 바람직하다.

선생인 나는 아이들이 텔레비전, 컴퓨터 게임, 스마트폰을 사용하는 데 자율적으로든, 보호자나 선생님이 지도를 하든, 제한이 필요하다고 생각한다. 공부에 방해되어서가 아니다. 이런 것들은 정서적으로 한창 성장할 시기에 시간과 에너지를 과도하게 빼앗아간다. 아이에게 '여백의 시간'을 만들어주자. 그 시간에 책을 읽는다면 좋겠지만 싫다면 심심하게 앉아 있게라도 해야 한다. 심심한 시간은 중요한 시간이다. 자기의 내면을 들여다볼 수 있기 때문이다. 혹시 아는가. 정 심심하면 책이라도 집어들지? 그 시간에 부모도 함께 책을 읽는다면 금상첨화일 것이다.

자식 가르치는 일이 세상에서 제일 어렵다고 했다. 부모 뜻대로 아이를 공부하게 만들 수 있다면 모두가 전교 1등 아니겠는가. 그럼에도 희망을 놓지 않는다면, 나는 독서교육에 공을 들여야 한다고 생각한다. 학교 다닐 때는 성적 좋은 아이가 효자이지만, 사회에 나가서는 현명한 자녀가 빛을 보게 될 것인데, 그 현명함을 길러줄 유일한 길은 책 속에 있기 때문이다.

내 아이에게 딱 한 가지만 욕심내야 한다면, 나는 좋은 성적보다 독서습관을 택할 것이다.

일찍 시작하는 것보다
나중에 잘하는 것이 중요하다.

그러기 위해서는
'여백의 시간'을 만들어주자.
심심한 시간은 중요한 시간이다.
자기의 내면을 들여다볼 수 있기 때문이다.

내 아이에게 딱 한 가지만 욕심내야 한다면,
나는 좋은 성적보다 독서습관을 택할 것이다.

선해지십시오 성장하십시오
당신이 희망입니다
2015년
서울대 입학식에서

안녕하십니까. 저는 생활과학대학 소비자아동학부에서 교수로 일하고 있는 김난도입니다. 평교수인 제가 이렇게 귀한 자리에서 축사를 할 수 있게 되어 커다란 영광으로 생각합니다. 기회를 주신 총장님과 선배 교수님들께 깊이 감사드립니다.

저는 1963년 3월 2일에 태어났습니다.

3월 2일요. 그렇습니다. 오늘이 제 생일입니다.

어릴 때는 내 생일이 싫었습니다. 학년이 새로 시작되는 날이라 제대로 생일잔치를 해본 적이 한 번도 없었습니다. 하지만 지금은 오늘이 제일 좋습니다. 1년 365일 중에 아무 날이나 생일로 고를 수 있다면 이제는 주저하지 않고 오늘 3월 2일을 고를 것입니다.

왜냐하면 저는 선생이기 때문입니다. 자기 생일 아침에 전국의 학생들이 모여 일제히 새 학년을 시작한다는데, 선생에게 그보다 더 어울리는 생일이 어디 있겠습니까? 저는 사주팔자 같은 것은 믿지 않지만, 그래도 생일만큼은 선생이 될 운명을 타고났다고 생각합니다. 자기 직업이 천직이라고 여길 수 있으니 저는 행복한 사람입니다.

오늘 저는 여러분을 가르치게 될 선생으로서 축하와 당부의 말씀을 함께 드리고자 합니다.

지난 쉰세 번의 생일 중에서 제가 제일 행복했던 날은 1982년의 오늘이었습니다. 서울대학교에 합격해 입학식을 치르는 날이었습니다. 그때는 저 아래 대운동장에서 입학식을 했는데 날씨가 아주 추웠습니다. 바람은 눈물이 나도록 차가웠지만, 가슴은 터질 것처럼 뜨거웠습니다. 나보다 더 흥분하신 어머니의 표정을 보며 평생 처음 효도했다는 생각이 들어 그것만으로도 기뻤습니다. 여러분도 마찬가지일 것입니다. 잠시 후 입학식이 끝나거든 뒤에 앉아 계신 어머니, 아버지에게 꼭 진심을 담아 감사하다고 말씀드리십시오. 앞으로 기회가 많지 않을지도 모릅니다. 오늘 꼭 하십시오.

사실 저희 동기들의 대학생활은 녹록지 않았습니다. 나라는 지긋지긋한 가난에서 벗어나지 못했고, 잠시 희망을 가졌던 민주주의에 대한 기대가 군홧발에 처참하게 짓밟혔습니다. 참담한 조국의 현실에 눈을 뜬 대학생들에게 자기 자신의 미래를 꿈꾸는 것은 사치 정도가 아니라 한나 아렌트의 표현을 빌리면, 순전한 무사유의 범죄였습니다. 여러분이 상상하는 것보다 훨씬 엄혹하고 처절한 시기를 저희는 보냈습니다.

그럼에도 불구하고 그 세대가 지금보다 더 행복했는지도 모르겠습니다. 기회는 많았기 때문입니다. 졸업을 하면 어디든 일자리를 골라서 갈 수 있었습니다. 어떤 영역이든 조금만 진지하게 계속하면 나름 전문가 소리를 들을 수도 있었습니다. 물론 우리 세대가 더 총명하거나 열심히 해서 그런 것은 아니었습니다. 시대의 행운이었습니다. 1960년대 1인당 국민소득 100달러가 되지 않던 대한민국이 지금 3만 달러에 육박하기까지, 단군 이래 가장 높은 성장을 누리는 30년 동안 우리는 청춘을 보낼 수 있었던 것입니다.

지금 대한민국 젊은 세대가 힘들다고 합니다. 좋은 데 취직하는 것이 어렵고, 제때 결혼하는 것이 어렵고, 제대로 된 방 한 칸 마련하는 것이 어렵습니다. 유사 이래 최고의 스펙을 가졌다고 하는 이 세대가 말이지요. 물론 이것은 시대적 변화 때문입니다. 대한민국이 더이상 과거와 같은 고도성장을 누릴 수 없게 됐습니다. 성장의 시대에서 침체의 시대로 접어들고 있습니다. 경제와 인구의 구조가 변화하면서 그 많았던 기회들이 점차 사라지고 있습니다.

하지만 우리를 좌절하게 하는 것은 단지 경제성장률이 떨어지고 실업률이 올라간다는 점 때문만은 아닙니다. 경기는 좋을 수도 있고 나쁠 수도 있습니다. 지금보다 훨씬 더 힘들었지만 전 국민이 금반지를 꺼내 모으며 재기를 꿈꿨던 때도 있었습니다.

현재 우리를 정말 힘들게 하는 것은 희망이 보이지 않는다는 것입니다. 이런 경기침체가 영구히 지속될지도 모른다는 우려 속에서, 이 나라가 난국을 타개할 변화의 역량을 상실해가고 있다는 절망이 정녕 우리를 힘들게 합니다.

얼마 전 인기 있었던 드라마 〈미생〉에 '사업놀이'라는 말이 있었습니다. 진짜로 문제를 해결하지는 않고 그저 열심히 하는 흉내만 내고 있다는 뜻일 겁니다. 하지만 '놀이'를 하고 있는 것은 드라마에서뿐만이 아닌 것 같습니다.

정치인들은 나라의 분열을 걱정한다면서 실은 자기 재선을 위해 국민을 이념으로 지역으로 갈라놓고 갈등을 이용하는 '정파놀이'를, 관료들은 공익을 도모한다면서 실은 자기 예산과 영향력을 확대시키기 위해 나라의 시스템을 비효율로 몰아넣는 '규제놀이'를, 대기업은 국가 경제에 이바지한다면서 단가 후려치기, 사람·기술 빼앗기 등 각종 불공정한 관행으로 시장을 황폐화시키는 '갑질놀이'를, 일부 고용주들은 취업난을 악용해 '열정페이'다 뭐다 해서 청년 구직자의 노동을 약탈하는 '착취놀이'를, 저를 비롯한 교수들은 이러한 현실적 문제를 수수방관하며 자기 연구실적만 채우는 '논문놀이'를 하고 있습니다. 옴짝달싹하지 못하는 이 교착 상태를 풀어낼 리더십은 나라 어디에서도 찾아보기 어렵습니다.

신입생 여러분, 좋은 날에 답답한 얘기를 꺼내 미안합니다. 저는 오늘의 축사를 준비하면서 대학생활을 시작하는 여러분에게 어떤 아름다운 축원을 해줘야 할까 많이 고민했습니다. 긴 고민 끝에 저는 듣기 좋은 덕담보다는 여러분이 앞으로 맞닥뜨려야 할 엄혹한 도전을 솔직하게 얘기하고 분발을 당부해야겠다고 생각했습니다. 제 평생에 한 번 있을까 말까 한 이 소중한 기회를 막연한 인사말로 채우기에는 너무나 아쉬웠습니다. 저는 여러분에게 따끔한 각성을 드리고 싶습니다. 그것이 선생이 할 일이기도 하니까요.

지금 여러분이 헤쳐나가야 할 두 가지 도전과제가 있습니다. 나라 안의 도전과 나라 밖의 도전입니다.

먼저 나라 안의 사정을 살펴보면, 가장 걱정되는 것은 '세대 이기주의'입니다. 영화 〈국제시장〉에 이런 대사가 있었습니다. "이 힘든 세상 풍파를 우리 자식이 아니라 우리가 겪은 게 참 다행"이라고요. 하지만 지금의 기성세대가 나중에 오늘을 뒤돌아볼 때도 이렇게 말할 수 있을지 의문입니다. 현재의 경제·고용·복지 등 담론의 줄기를 보면 나중에 '이 힘든 세상 풍파를 우리가 아니라 우리

자식이 겪게 해서 참 다행'이라는 말이 나오지 않을까 걱정입니다.

'노블레스 오블리주^{noblesse oblige}'라는 말이 있습니다. 다들 알고 계시겠지만, 높은 자의 책무라는 뜻입니다. 지금 우리에게 더 필요한 말은 어느 언론인의 표현을 빌리면 '세니오르 오블리주^{senior oblige}'[36], 즉 나이든 자의 책무가 아닐까 싶습니다.

젊은 자들은 나이든 자들과 경쟁의 상대가 되지 못합니다. 기성세대가 정치·경제·사회적으로 가지고 있는 자원과 정보와 인맥의 차원이 다르기 때문입니다. 그래서 기성세대는 젊은 세대에게 어느 정도 양보해야 합니다. 젊은이들은 단지 경쟁의 상대가 아니라, 나라의 미래를 짊어지고 나갈 희망의 불씨이기 때문입니다.

젊은 세대에게 투자하고, 양보하고, 그들의 미숙함을 배려하지 않는 사회에 내일은 없습니다. 청년들이 우리의 미래입니다.

나라 밖의 도전은 더욱 심상치 않습니다. 작년 여름 저는 연구를 위해 일본을 자주 방문했습니다. 도쿄에 들를 때마다 혐한 시위대를 만났습니다. 지하철에 붙어 있는 잡지광고며 기사들의 상당 부분이 한국을 폄훼하는 내용이었습니다. 그러면서도 일본은 다시 유치에 성공한 올림픽 준비에 들떠 새로운 도약을 준비하고 있었습니다.

또 지난겨울에는 중국에 다녀왔습니다. 갈 때마다 놀랍도록 변하는 곳이지만, 어느새 우리보다 훌쩍 앞선 나라가 돼 있었습니다. 흔히 중국을 짝퉁의 나라 정도로 낮춰 보는 경향이 있는데, 아주 잘못된 생각입니다. 중국은 압도적 1위의 외환보유국이고, 이미 우주정거장, 항공모함, 비행기, 고속철도를 자체 기술로 만들어내는 나라입니다. 더욱 놀라운 것은 이런 중국이 앞으로도 상당 기간 고도성장을 계속해나갈 것이라는 점입니다.

제가 중국에서 가장 놀랍게 생각하는 것은 바로 여러분 또래 젊은 세대의 열정입니다. 흔히 '주링허우'라고 부르는 중국의 90년대생들은 제2의 마윈, 제2의 레이쥔을 꿈꾸며 밤새워 도전의 열기를 불태우고 있습니다. 중국의 대학생들은 정말 열심히 공부합니다. '개미굴'이라 불리는 10평 남짓한 아파트에 10여 명의 학생이 함께 기거하면서 해만 뜨면 도서관으로 뛰어나가 하루종일 공부하다가 돌아옵니다. 우리는 중국 인구의 27분의 1 정도 됩니다. 그러니까 우리가 중국에 뒤지지 않으려면 27배 정도 열심히 노력해야 할 텐데, 지금은 중국이 27배 더 노력하는 형국입니다.

우리를 침략해 식민지로 삼았던 나라에선 증오의 감정이 커지고 있고, 우리와 바다를 맞대고 있는 나라가 한순간에 세계 최강국으로 자라났습니다. 어리석은 자는 경험에서 배우고, 현명한 자는 역사에서 배운다고 했습니다. 우리는 다시 역사적 전환점을 맞고 있습니다. 결국 저는 여러분에게 희망을 겁니다.

단군 이래 최고의 역량을 갖췄다고 평가받는 우리 젊은 세대가 교착상태에 빠진 나라에 새로운 모멘텀을 부여할 세계적인 인재로 성장해주기를 간곡히 바라는 것입니다. 열심히 공부해주십시오. 제가 대학 시절을 돌이켜 생각할 때 후회되는 일이 참 많지만, 그중에서도 가장 아쉬웠던 것은 역시 치열하게 공부하지 못한 것입니다. 스펙이 아니라 지성의 성장을 위해, 좋은 직업이 아니라 조국의 미래를 위해, 혼신을 다해 공부하십시오.

그러기 위해서 다시 공동체를 이야기할 때입니다. 나 자신만의 이익이 아니라 여러분이 함께 성장해나가야 할 공동체에 대한 책임과 이타정신을, 여러분은 이 교정에서 배워나가기 바랍니다. 공동체를 먼저 생각하는 '선함'을 가슴에 품고 개인의 열정을 불태울 수 있을 때, 인류와 나라와 학교와 그리고 여러분 자신의 성장이 서로 접점을 찾아 만개할 수 있습니다.

신입생 여러분,

세계에서 가장 높은 산은 해발 8848미터를 자랑하는 에베레스트 산입니다. 여기 질문을 하나 드리겠습니다. 에베레스트 산이 세계에서 가장 높은 이유가 무엇인지 아십니까? 왜 제일 높겠습니까?

답은, 히말라야 산맥에 있기 때문입니다. 그렇습니다. 에베레스트 산이 세계에서 제일 높은 이유는 세계에서 제일 높은 히말라야 산맥 안에 있기 때문입니다. 에베레스트 산이 만약 바다 한가운데 혼자 있었다면 높아봐야 한라산이나 후지 산 정도밖에는 되지 않았을 것입니다. 하지만 에베레스트 산은 세계의 지붕이라는 티베트 고원의 거봉들과 어깨를 맞대고 있습니다. 그 준령에서 한 뼘만 더 높으면 바로 세계 최고의 산이 될 수 있는 것입니다.

먼저 우리나라를, 우리 학교를 히말라야 산맥으로 함께 키워나 갑시다. 바다 위에서 혼자 높으려고 해서는 안 됩니다. 자기 자신만이 아니라, 나와 함께 가야 할 사회적 약자들과 우리 공동체를 함께 생각하는, 선하고 책임 있는 인재로 성장해야 합니다.

당신이 여기 앉아 있기 위해 탈락시킨 누군가를 생각하십시오. 당신은 승리자가 아닙니다. 채무자입니다. 선함과 책임감을 바탕으로 우리 공동체를 히말라야 산맥처럼 만들고 나서, 자신이 한 뼘만 더 성장할 수 있다면, 그때 당신은 바로 세계에서 가장 높은 산이 되어 있을 것입니다.

사랑하는 나의 학생들이여,

선해지십시오, 성장하십시오.
당신이 희망입니다.

감사합니다.

2015년 3월 2일

김난도

당신이 여기 앉아 있기 위해
탈락시킨 누군가를 생각하십시오.
당신은 승리자가 아닙니다.
채무자입니다.

선해지십시오, 성장하십시오.
당신이 희망입니다.

꽃보다
한 표
'성년의 날'을 맞은
새내기 유권자들에게[37]

1987년 겨울은 일생을 두고 잊지 못할 겁니다. 그때 저는 스물
다섯 살이었습니다. 기말고사 준비를 하다가 집에 돌아오니 아버
지가 안 계셨습니다. 입원하셨다는 것입니다. 깜짝 놀라 병원으로
달려갔더니 가족들은 검사 결과를 기다리고 있었습니다. 며칠 후
결과가 나왔습니다. 폐암 4기라고 했습니다. 6개월을 넘기기 어려
울 것이라고 했습니다(실제로 아버지는 5개월 후에 돌아가셨습니
다). 그때까지 감기 한번 앓지 않을 정도로 건강하셨던 분이었기
에 충격은 더욱 컸습니다. 감당하기 어려운 좌절 속에서 저와 어머
니는 아버지의 병간호를 시작했습니다.

그해 12월에 대통령 선거가 있었습니다. 1972년 소위 10월 유

신 이후 처음으로 직접투표에 의해 치러지는 대선이었던 만큼 국민 모두 관심이 무척 컸습니다. 언론에서는 연일 보도경쟁을 벌이고 거리에서는 크고 작은 집회가 열렸지만, 모두 병실 창문 밖의 시끄러운 소음일 뿐이었습니다. 선거의 열기가 뜨거워질수록 아버지는 차가워져만 갔습니다.

선거날 아침, 누워 눈만 껌뻑이고 계시던 아버지께서 힘을 내어 말씀하셨습니다. 투표를 하러 가야겠다고요. 저나 어머니는 화들짝 놀라 절대 안 된다고 했습니다. 그 몸으로 차가운 겨울공기를 마시며 외출하는 것이 무리였기 때문이었지요. 의사도 좋지 않다고 했습니다. 하지만 결국 누구도 아버지의 고집을 꺾지 못했습니다. 유난히 칼바람이 불던 그날 오후, 외투와 담요로 온몸을 꽁꽁 둘러싼 아버지를 모시고 투표장에 다녀왔습니다.

나오면서 "누구 찍으셨어요?" 하고 물었습니다. 그렇게까지 무리를 해서라도 한 표를 주고 싶었던 후보가 누구였는지 궁금했습니다. 하지만 아버지는 빙긋 웃으며 말씀하셨습니다. "비밀!" 그 미소는 누구를 지지했다, 가 아니라 선거에 참여했다는 사실 자체를 기뻐하셨던 데서 나온 것일지도 모르겠습니다. 저는 아직도 그날 아버지가 누구에게 투표했는지 알지 못하지만, 그것이 아버지의 마지막 '사회활동'이었던 것은 기억합니다.

아버지를 모시고 간 김에 저도 함께 투표를 했습니다. 부끄러운 얘기지만 그때까지 저는 선거에 시큰둥했습니다. 몇천만분의 한 표인데, 나 하나 투표하든 말든 아무것도 바뀔 것은 없다는 생각에, 놀러갈 약속이 있으면 아무렇지도 않게 기권을 하기도 했습니다. 하루 쉴 수 있는 공휴일이라는 게 그저 감사할 따름이었죠. 하지만 간단한 호흡조차 힘든 몸을 이끌고 굳이 투표장을 찾은 아버지를 부축하며, 저는 선거가 단순히 '후보자 아무개에게 한 표를 던지는 행위' 이상의 의미를 지닌다는 것을 알게 됐습니다. 그것은 뭐랄까, 이 사회의 주권자로 살고 있다는 자존감 같은 것이었습니다.

요즘 세상이 어렵습니다. 경제사정만 나쁜 것이 아니라 온통 답답한 일투성이입니다. 특히 선거로 뽑아놓은 공직자들이 어마어마한 검은돈을 받았다는 소식이 들려올 때마다, 이런 사람들 뽑자고 소중한 시간을 틈내 투표장에 가야 했던 것인지 참으로 분노가 치솟기까지 합니다.

청춘들에게 상황은 더욱 나쁩니다. 사회는 젊음의 귀한 열정을 혹독하게 요구하고, 그런 노력의 혹사에도 불구하고 기회는 갈수록 좁아져만 갑니다. 청년을 배려하자는 말들은 난무하는데, 고용·복지, 연금 등 실제로 결정되는 법과 정책은 대체로 미래세대의 희생을 초래하는 것들입니다. 물론 사회가 고령화됨에 따라 필요한 정책이 존재하겠지요. 하지만 고령사회의 문제만큼이나 청년실업의 문제도 심각한데 그 정책적 균형은 적절히 맞춰지지 않는 것 같습니다.

이런 상황을 조금이라도 개선하려면 무엇을 해야 할까요? 답은 당신도 쉽게 짐작할 터입니다. 사회문제에 좀더 관심을 가지고 적극적으로 참여해나가는 것입니다. 물론 이 사회는 문제점투성이고 그중에 내가 바꿀 수 있는 일은 별로 없어 답답하기 그지없습니다. 대신 그런 무력감을 조금이나마 덜어줄 잠깐의 즐거움들은 도처에 널려 있습니다. 연예인, 스포츠 스타, 쇼핑, 유행…… 또한 공공의 의제를 개선하는 것은 불가능에 가깝지만, 적어도 나의 스펙을 올리는 것은 가능해 보이지요. 그러나 우리가 모래알처럼 뿔뿔이 흩어져 이렇게 사적인 것들에만 몰입하는 사이, 공직자라는 사람들은 더욱 손쉽게 검은돈을 받고 엉뚱한 정책을 만들어냈던 것입니다.

관심과 참여가 중요합니다. 그중에서도 가장 쉽고 중요한 첫걸음은 바로 선거에 참여하는 것입니다. 내 한 표의 힘은 미미할지 모르지만, 그것이 모이면 힘이 됩니다. 사회를 바꾸는 큰 힘이 됩니다.

그러므로 일단 투표장에 가십시오. 지지하고 싶은 후보자가 정말 없더라도 아예 참여하지 않는 것보다는 선거에 참여해서 무효표라도 만드는 것이 의미 있습니다. 그래도 일단 기표소에 들어가면 제일 적당하다고 생각하는 후보에게 한 표를 던져야 하겠지요. 누구에게 빨간 동그라미를 찍어주면 좋을까요? 이 순간이 중요합니다. 사실 우리나라 정치가 이 지경이 된 데에는 후진적인 정치 문화와 제도의 탓이 큽니다. 하지만 우리 유권자에게도 책임이 '2%' 정도는 있는 것 같습니다. 그동안 많은 사람들이 지역이나 개인적 연고에 입각해서 투표하는 경향이 있었기 때문에, 일부 당선자들은 자기 지역구민의 뜻보다는 공천을 주는 당이나 로비를 하는 이익단체의 뜻에 따르는 경우가 많았기 때문입니다.

  "모든 민주주의 국가에서 국민은 그들의 수준에 맞는 정부를 가진다."

토크빌의 말입니다. 그렇습니다. 더 나은 정부와 정치인을 갖고 싶으면 우리가 더 현명하게 투표해야 합니다.

기성세대들보다 인연, 지연, 학연 등에서 자유로운 젊은 세대에게 희망을 겁니다. 젊은 유권자들이 각종 연고에서 자유롭게, 오직 나라의 미래를 걱정하는 후보자에게 투표할 수 있을 때, 나라가 바뀌기 시작할 것입니다. 아주 멀어 보이지만, 없으면 안 되는 첫걸음입니다.

친애하는 젊은 유권자 여러분, 특히 이번에 '성년의 날'을 맞아 처음 선거권을 갖게 된 새내기 유권자 여러분, 먼저 성년의 날을 축하합니다. 당신도 키스, 향수, 그리고 장미꽃을 기대하고 있나요? 이런 선물을 받든 그렇지 못하든, 즐거운 성년의 날이 되기 바랍니다. 많은 사람들이 "어릴 때가 좋았다"고 말하지만, 사실 성년이 되면 좋은 일도 많습니다.

성년이 되어 받는 꽃보다 좋은 일의 하나가 투표에서 '한 표'를 행사할 수 있게 된다는 것이죠. 웬 뜬금없는 소리냐구요? 모처럼 맞은 휴일에 투표하러 가려면 귀찮기만 하다고요?

선거는 결코 귀찮거나 의미 없는 일이 아닙니다. 오늘날 평화롭게 보이는 투표장의 모습을 얻기까지의 과정은 전혀 평화롭지 못했습니다. 직접선거가 이루어지는 그 하루를 위해 목숨까지 바친 수많은 시민과 열사들이 있었습니다. 우리가 당연하게 받아든 투표용지에는 대한민국 근현대사의 피와 눈물과 땀이 배어 있습니다.

투표는 누구에게는 암덩어리로 너덜너덜해진 육신을 이끌고라도 실천해야 하는 엄숙한 주권자의 책무이고, 누구에게는 전 세계

투표는
누구에게는 암덩어리로 너덜너덜해진 육신을 이끌고라도
실천해야 하는 엄숙한 주권자의 책무이고,
누구에게는 전 세계에서 유례없이
민주화와 산업화를 동시에 이뤄낸
대한민국 국민으로서의 자랑스러운 자기확인이며,
누구에게는 부조리와 비합리로 거덜난
공공부문을 바꾸라는 지엄한 요구입니다.
당신은 어느 쪽입니까?

에서 유례없이 민주화와 산업화를 동시에 이뤄낸 대한민국 국민으로서의 자랑스러운 자기확인이며, 누구에게는 부조리와 비합리로 거덜난 공공부문을 바꾸라는 지엄한 요구입니다. 당신은 어느 쪽입니까? 다음 선거에서는 꼭 당신의 준엄한 손길을 보고 싶습니다.

투표하십시오.
당신의 한 표로 나라가 바뀝니다. 당신의 미래가 바뀝니다.

우승보단,
인생

요즘 세계 여자 프로골프 무대는 한국 선수들의 안방 같다. 외국 선수들의 전유물로 통하던 메이저 대회에서 줄줄이 우승을 차지하고 있기 때문이다. 미국 LPGA에서 활약중인 한국 선수 22명을 상대로 "가장 닮고 싶은 롤모델은 누구인가?"라는 설문조사를 한 적이 있다. 누가 1등을 했을까? 골프 황제였던 타이거 우즈? 아니면 골프 여제女帝로 군림했던 안니카 소렌스탐?

압도적인 1위는 줄리 잉크스터였다. 골수 골프팬이 아니라면 생소한 이름일 것이다. 잉크스터는 2015년 현재 55세인데도 현역으로 투어에 참가하고 있다. 결혼 후에 두 딸의 양육을 해내면서 메이저 대회 4승을 포함해 총 16승을 이뤘다. 출산 후 대회 성적이 추락하는 여느 선수들과 달리 잉크스터는 오히려 더 좋은 성적을

냈다.

타이거 우즈는 결혼 후 일으킨 불륜과 이혼 스캔들에 부상 악재까지 겹쳐 나락으로 떨어졌고, '여자 황제'로 불렸던 안니카 소렌스탐은 출산 후에 우승 경력이 없다. 설문조사에 응했던 골프 선수 장정은 이렇게 말했다. "어릴 때 잉크스터는 내 삶의 일부였고 영웅이었다. 나도 그처럼 엄마가 되고 싶다. 그가 늙었다고 생각하지 않는다. 잉크스터는 여전히 강하고 훌륭한 선수이자 엄마"다.[38]

줄리 잉크스터는 영광스러운 챔피언이기에 앞서 좋은 엄마였고, 한 인간으로서 훌륭한 삶을 살았다. 물론 그녀처럼 선수로서의 성과와 한 사람으로서의 인생을 둘 다 잘 일구기는 쉽지 않다.

젊은 선수들 중에는 인생보다 우승을 우선하는 이들이 많다. 우승만 하면 부와 명예가 따라올 것이고, 그러면 당연히 훌륭한 인생을 살 수 있을 것이라고 전제하면서…… 하지만 안타깝게도 우승의 영광이 트로피처럼 빛나는 삶으로 이어지는 것 같지 않다. 인기 스포츠 스타들이 가정불화, 사업 실패, 심지어 도박이나 범죄에 연루되어 팬들을 안타깝게 할 때가 종종 있지 않은가.

운동선수의 삶이 힘들기만 하다는 것은 아니다. 은퇴 후에 선수 시절 소속됐던 조직으로 돌아가 유능한 선수들을 육성하거나, 자기 사업을 벌여 성공하거나, 스포츠협회의 행정가가 되어 선수로서의 삶을 이어나가는 이들도 많다. 물론 은퇴 후의 삶을 이어나가는 것은 운동선수뿐 아니라 우리 모두에게 주어진 과제다.

중국 베이징에서 강연을 한 적이 있다. 내 다음 연사가 양양楊揚이었다. 쇼트트랙 중계방송 때 자주 들었던 '양양A'다. 선수 시절 많은 사랑을 받았던 그녀는 국제올림픽위원회IOC 위원이 돼 있었다. 대기실에서 잠시 이야기를 나눠보니 운동선수다운 훤칠한 풍모에 남을 배려하는 품성과 교양이 남달랐다. 그녀를 보며 전성기를 지나 은퇴 후를 살아갈 내 모습을 생각하게 됐다.

그렇다면 은퇴 후의 삶을 결정짓는 요인은 무엇일까? 선수 시절에 쌓아올린 높은 성적만은 아니다. 저마다 지닌 '인성과 지혜'가 삶의 차이를 만들 것이다. 운동선수는 평생 혹독한 훈련을 견디며 자기관리를 해온 성실한 사람들이다. 성공의 DNA를 더 많이 품고 있다. 그러한 자질에 인성과 지혜를 더한다면 은퇴 후의 삶도 성공적일 확률이 높을 것이다. 하지만 어떤 선수들이 은퇴 후에 어려움을 겪는 이유는 인성과 지혜를 훈련할 기회가 많지 않았기 때문이다. 그리고 이러한 넋두리가 남는다. '운동만 잘하면 되는 줄 알았는데……'

흔히들 인성이나 지혜는 타고나거나 사회생활을 하다보면 저절로 깨칠 수 있다고 여기는 경향이 있는데, 그렇지 않다. 배워야 한다. 그것도 아주 어릴 때부터. 하지만 우리나라의 학원 스포츠 문화는 정규 수업과 교우관계를 차단하고 오로지 운동과 그 성과에만 집중한다. 어린 나이부터 운동을 시작하는 선수들에게 교실에서, 그리고 세상에서 인성과 지혜를 키워나갈 수 있는 기회를 의무적으로라도 만들어줘야 한다.

'바둑 올림픽'이라 불리는 잉창치배 바둑대회에서 초대우승을 차지한 세계 바둑계의 빛나는 별 조훈현 국수는 만 네 살 때 훈수를 둘 정도로 신동이었다. 열 살 때 바둑 유학을 떠나 일본 바둑의 영웅 세고에 겐사쿠의 마지막 내제자內弟子(스승의 집에서 함께 기거하며 배우는 제자)로 들어갔다. 세고에 선생은 제자 조훈현을 무척 아꼈다고 한다. 조훈현이 병역을 위해 귀국하자, 4개월 만에 "한국으로 떠난 조훈현을 꼭 일본으로 다시 데려와 대성시켜주기 바란다"는 유서를 남기고 자살했다. 다음은 조국수의 인터뷰 중 한 구절이다.

바둑보다는 마음가짐을 배웠다. 선생님은 내게 '고수가 되기 전 사람이 돼야 한다'고 하셨다. 사람이 되기 위해선 인격, 인성, 인품을 모두 갖춰야 한다고 항상 말씀하셨다. 선생님이 금한 내기바둑을 두었다가 파문당할 뻔한 적도 있다. 어릴 땐 계속 '사람이 돼라'고 하시길래 속으로 '내가 사람이지 그럼 짐승이야' 하기도 했지만, 나이가 들고 보니 선생님의 뜻을 알겠다. 잔꾀를 쓰는 프로기사들이 추락하는 것

을 많이 보았다. 아무리 실력이 좋아도 정상의 무게를 견뎌
낼 만한 인성이 없으면 잠깐 올라섰다가도 곧 떨어지게 되더
라.[39]

무협영화에서도 비슷한 상황이 자주 등장하는 것을 볼 수 있다.
최절정의 고수에게 무도를 배우러 들어가지만 싸우는 기술은 배
우지 못하고 몇 년씩 잡일을 하면서 '먼저 사람이 되어라'는 말만
듣는 상황 말이다. 나는 이러한 장면을 훈련의 고난을 극적으로 표
현하기 위한 클리셰라고 여겼는데, 조국수의 말을 들으니 그 참뜻
을 어렴풋하게나마 알 수 있겠다. 그의 말대로 '정상의 무게를 견
딜 수 있는 인성이 없으면 곧 추락하기 마련'이다. 그후에 생활인
으로서 살아가는 일 역시 힘들어질 것이다.

한 분야의 프로가 되기 위해 어린 나이부터 오로지 한 길을 달려
온 이들과, 학교에서 회사에서 정상에 오르기 위해 분투하는 우리
는 기억해야 한다.
지금 당장은 1등을 하는 것이 목표겠지만, 그것이 전부가 아니
라는 것을. 그 뒤에는 엄청난 시간의 '인생'이 기다리고 있다는 것
을. 인성과 지혜를 기르는 숙제가 여전히 남아 있다는 것을.

잊지 말라. 우승보단, 인생이다.

한 분야의 프로가 되기 위해
어린 나이부터 오로지 한 길을 달려온 이들과,
학교에서 회사에서 정상에 오르기 위해
분투하는 우리는 기억해야 한다.

잊지 말라. 우승보단, 인생이다.

희망, 수신자부담

돌아보면 올 한 해는 우리 가족에게 녹록지 않은 시간이었다. 디스크와 회전근개파열로 수술을 받은 나는 방안에, 입대한 큰아들은 부대에, 고3인 둘째는 독서실에 유배돼 있었다. 잔뜩 움츠러든 시기를 보내고 있는 세 남자 사이에서 가장 힘든 것은 아내였으리라. 사정이 이렇다보니 금년에는 휴가는 고사하고 가족끼리 외식 한번 제대로 한 기억이 없다. 온 식구가 내내 했던 생각은 '빨리 2015년이 지나갔으면……' 하는 것이었다. '이 또한 지나가리라'는 말을 흔히 하지만, 이 만병통치의 주문도 웅크리고 견뎌야 하는 시간을 줄여주지는 못했다.

어디 나뿐이었을까. 요즘 웅크리고 숨을 골라야 하는 이들이 많다. 우리 가족의 일이야 한번은 치르고 지나야 할 일이었다지만, 요즘 세상살이가 참 어렵다. 단지 경기만 나쁜 것이 아니다. 경제 걱정은 늘 했었다. IMF 사태가 닥쳤을 때나 신용대란이 일어났을 때도, 충격은 컸지만 결국 극복해냈다. 하지만 요즘에는 열패감이 사회를 짓누르고 있는 듯하다. '장롱의 금이라도 모아서 국란을 극복하겠다'는 패기보다는 '결국 아무것도 바뀌지 않을 텐데' 하는 무력감이 더 팽배한 것 같다.

세계 경제 여건도 나쁘고 우리 경제의 체질적 문제도 있겠지만, 가장 큰 문제는 나라의 시스템과 지도층이 아직도 성장 시대의 패러다임에서 벗어나지 못하고 있다는 사실이 아닐까. '현대의 실패는 경쟁자에게 패배하는 것이 아니라 변화하는 환경에 적응하지 못하는 것'이라는데, 변화는커녕 사회 각 계층마다 발전연대의 기득권을 지키느라 안달이다. 모두가 죽어라고 노력하는데 그 방향이 전부 제각각이어서 전체적으로는 옴짝달싹하지 못하는 형국이다. 그 와중에 죽어나는 것은 새로이 사회에 진입하는 청년들이다. 사회에 원심력만 있고 구심력은 없다. 변화의 모멘텀이 보이지 않는다. 안타깝다.

모두가 웅크려야 하는 이 좌절의 시대에, 우리는 어떻게 버텨내야 할까?

쉽지 않은 작업이었다.

어떤 글이 마음처럼 술술 써지랴마는, 이번엔 유독 힘들었다. 단지 시간이 부족하고 문장이 풀리지 않아서만은 아니었다. 불경기와 취업난에, 사건사고와 사회적 갈등에 나라 전체가 출구를 찾지 못하고 있는데, 그럼에도 우리 삶은 계속되어야 한다는 글이 차마 써지지 않았다.

한동안 붓을 꺾고 지내다가 프롤로그에서 소개한 H씨를 만나고 나서, 절망과 싸우는 분들을 위해 빈약한 췌언이라도 들려드려야겠다는 용기를 냈다. 한마디 떠오를 때마다 수첩에 적어두곤 했지만, 책의 꼴을 갖추기에는 턱없이 부족했다. 그래서 책으로 엮을 생각도 못하고 있었는데, 어깨수술로 여름 내내 읽고 쓰는 것 외에는 아무것도 할 수 없게 되면서 겨우 엄두를 냈다.

이번에 새삼 깨달음을 얻었다. 단지 아파서 시간이 난 덕분에 책을 쓸 수 있게 됐다는 '전화위복'의 안도가 아니었다. 우리에겐 스스로를 외부와 절연시키고 자기에게 침잠할 시간이 반드시 필요하다는 자각이었다. 잔뜩 웅크린 시간이었지만, 결국 그것도 소중한 내 삶의 일부라는 깨달음이 책의 제목까지 가닿게 됐다.

원고를 다시 읽어보니 돌아가신 아버지에 관한 내용이 유난히 많다. 내심 놀랐다. 왜냐하면 지난 30년 가까운 시간 동안 아버지에 관한 생각을 드러낸 적이 거의 없었기 때문이다. 잊었거나 아니면 감췄다. 그런데 이번 글들에선 곳곳에서 아버지의 기억이 묻어난다.

작년에 아버지와 동년배인 존경하는 장인어른을 떠나 보내기도 했고, 나 자신이 병원에서 짧은 기간이나마 질병과 죽음을 다시 생각하게 된 탓도 있었을 것이다. 하지만 제일 중요한 점은 어느덧 내가 아버지께서 돌아가셨을 때의 나이에 가까워지고 있다는 사실이다. 질풍노도 시기에 이르러 당시의 나 못지않게 방황하고 힘들어하는 아들들을 보니 더 그런지도 모르겠다. 이제야 희미한 기억 속의 아버지가 선명하게 이해된다.

어쩌면 우리는 어머니 아버지에게 진심으로 공감할 때 진짜 어른이 되는지도 모른다.

한줌의 희망이 아쉬운 시기다. 누군가 희망 한 상자를 택배로 보내주면 얼마나 좋을까. 하지만 희망은 착불이란다. 용기와 실천을 수신자부담으로 내지 않으면 희망은 아직 내 것이 아니라고 한다. 불경기로, 취업난으로, 질병으로, 이별로, 인간관계로, 고통의 시간을 감내해야 하는 이들에게 어눌한 인사말이라도 건넨다면 조금은 나아질까?

책을 쓸 때마다 늘 품는 바람이다. 여기 서툰 표현 하나가, 그대가 희망의 상자를 열어볼 용기를 내는 데 작은 계기라도 될 수 있기를.

웅크린 것들은 완전히 주저앉은 것처럼 보인다. 그러나 웅크린 것들은 결국 다 일어선다. 하늘을 향해 기지개를 켠다. 지금은 몸과 마음을 꾹꾹 접어두고 있는 나와 당신이 다시 일어설 그날을 기다리며.

주

1부 그럼에도, 눈부신 날들
삶의 추진력을 잃고 날개가 꺾인 날, 나에게
1 위키백과 https://ko.wikipedia.org/wiki/스윙바이
2 최승호 외, 『영원한 귓속말』, 문학동네, 2014.
3 고은, 『순간의 꽃』, 문학동네, 2001.
4 한상기, 『Africa 아프리카 사람 아프리카 격언』, 풀과별, 2010.
5 대니얼 고틀립, 『샘에게 보내는 편지』, 이문재·김명희 옮김, 문학동네, 2007.

지금 네 자리가 한가운데
6 이시온, 『짜릿하고 따뜻하게』, 달, 2011에서 재인용.
7 〈건축계 노벨상 '프리츠커 상' 이토 도요오 "도쿄대 야구선수 꿈꾸다 포기… 너무 놀아
  할 수 없이 건축과 선택"〉, 중앙SUNDAY, 2013년 4월 13일.
8 〈'뮤지컬계 챔피언'… 박명성 신시컴퍼니 대표〉, 조선일보, 2012년 7월 2일.
9 이동철, 『한 덩이 고기도 루이비통처럼 팔아라』, 오우아, 2014에서 재인용.

절망 대처법
10 〈순탄하게 살면 장수할까요?〉, 매일경제, 2010년 8월 28일.
11 권오상, 『노벨상과 수리공』, 미래의창, 2014.
12 "숨을 쉬는 한 희망은 있다"를 의미하는 정확한 라틴어 문장은 'Dum Spiro Spero'이
   다. 'Spero Spera'는 직역하면 '나는 희망한다, 그대도 희망하라'는 뜻이다. 엄밀히
   말하면 다른 문장이지만, 종종 동일한 상황에서 사용된다. 아직 살아 있는 모든 존재들
   에게 희망은 있음을 설득하는 두 문장은 서로 통하기 때문일 것이다.

나는 견딘다
13 박연준, 『아버지는 나를 처제, 하고 불렀다』, 문학동네, 2012.

내 마음이 물었다, '너, 행복하니?'
14 〈최승호의 생각의 역습―환산할 수 없는 성공·행복의 차이〉, 중앙SUNDAY, 2014년
   8월 17일.
15 G. 리처드 셸, 『와튼스쿨 인생학 강의, 첫번째 질문』, 안기순 옮김, 리더스북, 2015.

아이라기엔 성숙하고 어른이라기엔 순수한, 이 빌어먹을 모순덩어리, 나는 누구인가?

16 헤르만 헤세, 『데미안』, 안인희 옮김, 문학동네, 2013. 이하 『데미안』 본문 인용은 이
책을 따랐다.

2부 좋은 방황, 비로소 내가 되는 시간
걸어도 걸어도 자꾸만 제자리로 돌아오는 윤형방황자들에게
17 〈People 강수진〉, 『행복한 동행』, 2013년 7월호.
18 〈리더가 빠지기 쉬운 3가지 덫〉, 조선일보 위클리비즈, 2015년 7월 4일.
19 〈배우 나탈리 포트만의 하버드대 졸업식 축사 "경험이 부족하다는 건, 당신의 자산이에
요"〉, 허핑턴포스트, 2015년 6월 1일.

신데렐라의 아버지는 왜 그랬을까
20 주경철, 『신데렐라 천년의 여행』, 산처럼, 2005.
21 신데렐라 이야기는 '페로 판본'과 '그림형제 판본'이 있는데 우리가 아는 이야기는 대체
로 페로 판본에 의한 것이다. 그림형제 판본은 좀더 음울하고 폭력적이지만 원형에 가
깝다고 알려져 있다.
22 그림형제, 『그림형제 동화전집』, 김열규 옮김, 현대지성, 2015.
23 오이겐 드레버만, 『어른을 위한 그림 동화 심리 읽기』, 김태희 옮김, 교양인, 2013.
24 우리가 알고 있는 '유리구두'는 페로 판본에 등장한다. 그림형제 판본에서는 황금신발
을 신는다.
25 그림형제, 같은 책.

비로소 내가 되는 시간
26 채승우, 〈왜 여행은 좋지만 관광은 싫은가〉, 조선비즈, 2015년 2월 14일.

혼자 있고 싶다
27 G. 리처드 셀, 같은 책.
28 G. 리처드 셀, 같은 책.

아날로그의 생존법
29 김작가, 〈정말 반갑다, 아날로그 음악이여〉, 『주간동아』 833호, 2012년 4월 16일.

아등바등 살던 어느 날 문득
30 "만족을 알면 욕을 보지 않고, 그칠 줄 알면 게을러지지 않으니, 능히 오래갈 수 있을 것
이다知足不辱, 知止不殆, 可以長久"라는 노자의 말.

3부 간절한 것들은 다 일어선다

엘리베이터에게 말 걸기

31 마셜 로젠버그, 『비폭력 대화』, 캐서린 한 옮김, 바오, 2004. 여기에서 '나-화법' '너-
화법'이라는 용어는 이해를 돕기 위해 내가 만든 말이지만, 이 글 속의 주장과 사례는
대체로 이 책에서 인용한 것이다. 이 책은 단지 '대화의 요령'만이 아니라 '대인관계의
철학'을 다시 돌아보게 한다.

우리, 서로에게 수고했다는 말 한마디

32 동시마중 편집위원회 엮음, 『근데 너 왜 울어?』, 상상의힘, 2011.

저렴한 인정, 과장된 행복

33 이정은, 『사람은 왜 인정받고 싶어하나』, 살림출판사, 2005.
34 〈미 명문대 학생, '상실감 스트레스'에 시달려… 자살 잇따라〉, 경향신문, 2015년 7월
28일.

그대가 몇 살이든, 무엇을 꿈꾸든

35 어린이 103명, 『복숭아 한번 실컷 먹고 싶다』, 이오덕 동요제를 만드는 사람들 엮음,
보리, 2014.

선해지십시오 성장하십시오 당신이 희망입니다

36 이창훈, 〈세월호 세대와 '세니오르 오블리주'〉, 매일경제, 2014년 10월 19일.

꽃보다 한 표

37 이 글은 선거관리위원회의 청탁으로 2015년 성년의 날을 맞아 새로 유권자가 된 청년
들을 위해 썼다. 선관위 홈페이지에 실렸다.

우승보단, 인생

38 〈싱글 못지않은 '더블'… 그린 문화 바꾸는 주부 골퍼들〉, 중앙SUNDAY, 2015년 4월
19일.
39 〈바둑인생 58년… '戰神' 조훈현〉, 조선일보, 2015년 6월 20일.

웅크린 시간도 내 삶이니까
ⓒ김난도 2015

1판 1쇄   2015년 10월 28일
1판 2쇄   2015년 11월 18일

지은이 김난도
펴낸이 염현숙
책임편집 이연실 | 편집 고선향 | 디자인 김이정 고은이 이주영
마케팅 방미연 우영희 김은지 | 홍보 김희숙 김상만 한수진 이천희
제작 강신은 김동욱 임현식 | 제작처 영신사

펴낸곳 (주)문학동네
출판등록 1993년 10월 22일 제406-2003-000045호
임프린트 오오아
주소 10881 경기도 파주시 회동길 210
전자우편 editor@munhak.com | 대표전화 031)955-8888 | 팩스 031)955-8855
문의전화 031)955-8889(마케팅) 031)955-2651(편집)
문학동네카페 http://cafe.naver.com/mhdn | 트위터 @munhakdongne

ISBN 978-89-546-3816-6 03810

www.munhak.com